中小学生课外阅读推荐图书

狼孩历险记

［英］约瑟夫·鲁德亚德·吉卜林 著

JUNGLE
ADVENTURE

长江出版传媒 ｜ 长江少年儿童出版社

图书在版编目（CIP）数据

狼孩历险记 /（英）吉卜林著；吴凯松编译. —武
汉：长江少年儿童出版社，2015.11
ISBN 978-7-5560-3595-3

Ⅰ. ①狼… Ⅱ. ①吉… ②吴… Ⅲ. ①童话-英国-
现代 Ⅳ. ①I561.88

中国版本图书馆 CIP 数据核字（2015）第 274552 号

狼孩历险记

原　　著	［英］约瑟夫·鲁德亚德·吉卜林
项目策划	蔡贤斌
责任编辑	凌　晨
美术设计	贾　嘉
出品人	李　兵
出版发行	长江少年儿童出版社
电子邮件	cjcpg_cp@163.com
经　　销	新华书店湖北发行所
承印厂	永清县晔胜亚胶印有限公司
规　　格	710×1000
开本印张	16 开　13 印张
版　　次	2015 年 12 月第 1 版　2017 年 2 月第 2 次印刷
书　　号	ISBN 978-7-5560-3595-3
定　　价	23.00 元
业务电话	(027) 87679179　87679199
网　　址	http://www.cjcpg.com

本书如有印装质量问题　可向承印厂调换

前　言

　　本书作者约瑟夫·鲁德亚德·吉卜林（Joseph Rudyard Kipling）1865年生于印度孟买，他出身文艺世家，青少年时期就开始了诗歌创作。1882年他中学毕业后，进入报社担任编辑工作，此后出版了一系列的诗集和短篇小说集，如《山中的平凡故事》《三个士兵》《加兹比一家的故事》等，清新自然而又充满浪漫主义色彩的文风颇受文坛瞩目。

　　1889年，吉卜林以特派记者的身份周游了许多国家，他将自己旅行的见闻写下，集结成《从大海到大海》等文集，引起了巨大反响，成为19世纪和20世纪之交最受欢迎的散文家之一。1892年，吉卜林结婚后迁居美国，在美期间，他发表了《消失的光芒》《勇敢的船长们》等小说，还有被认为是儿童读物的经典著作《基姆》《丛林之书》和《丛林之书续篇》。1902年，吉卜林返回英国，定居萨塞克斯郡，创作了《普克山的帕克》《奖赏和仙女》等作品。1907年，年仅42岁的吉卜林凭借作品《基姆》荣获诺贝尔文学奖，是至今为止最年轻的诺贝尔文学奖得主。

　　晚年的吉卜林因为丧子和疾病，作品风格较为沉郁压抑，如短篇小说集《各种各样的人》《借方和贷方》等。1936年，吉卜林在伦敦去世，英国政府和各界人士在威斯敏斯特教堂为他举行了隆重的国葬。

《丛林之书》和《丛林之书续篇》是儿童文学中的经典著作。后来吉卜林将两篇故事集中八篇毛克利的故事，加上《许多发明》短篇集中的毛克利的故事合在一起，在1933年编成《狼孩历险记》。

一个可爱的小男孩，不幸遭到老虎的威胁，被父母遗失在印度西奥尼山的美丽丛林中。几经辗转，男孩死里逃生，并幸运地被狼群抚养长大。在危机四伏的丛林里，男孩努力学习各类本领，他和好朋友熊、豹、大蟒蛇和大象等并肩作战，猎杀敌人、探寻宝藏，历经重重磨难，最终长大成人，并成为一代丛林之王。这就是《狼孩历险记》讲述的故事。

本书语言流畅、词句华丽、通俗易懂。书中采取拟人化的手法，将主人公刻画得活灵活现，栩栩如生；对景物的描写恰到好处，让人身临其境；对人物性格的刻画入木三分，让人难以忘怀……所有这些，都得益于作者超凡的语言功底和杰出的叙述才能。值得一提的是，本书对动物之间的真挚友谊的细致描写，充满活力生趣，感人肺腑；对动物激战场面的详细描写，扣人心弦，引人入胜。

目 录

第 一 章　嚣张跋扈的大巴希 ……………………………… 1

第 二 章　公狼勇斗大巴希 ………………………………… 3

第 三 章　意外出现的人类婴儿 …………………………… 7

第 四 章　飞扬跋扈的瘸老虎 ……………………………… 11

第 五 章　毛克利参加狼群集会 …………………………… 14

第 六 章　毛克利加入狼群 ………………………………… 18

第 七 章　调皮捣蛋的毛克利 ……………………………… 22

第 八 章　对毛克利的考试 ………………………………… 28

第 九 章　可恶的猴子 ……………………………………… 32

第 十 章　猴子劫走毛克利 ………………………………… 39

第十一章　猴子的天敌大蟒蛇 …………………………… 45

第十二章　猴子的秘密王国 ……………………………… 50

第十三章　猴子城的大决战 ……………………………… 56

第十四章　大蟒蛇的超级舞蹈 …………………………… 68

第十五章　水边的和平 …………………………………… 75

第十六章　鬼天气 ………………………………………… 79

第十七章　瘸虎邪汉又来闹事 …………………………… 82

第十八章　远古的传说 …………………………………… 86

第十九章　毛克利的与众不同 …………………………… 93

第二十章　瘸虎邪汉要花招 ……………………………… 96

第二十一章　毛克利用计取"红花" …………… 101

第二十二章　毛克利遭遇危机 ………………… 105

第二十三章　胜者为王 ………………………… 109

第二十四章　毛克利的离开 …………………… 112

第二十五章　毛克利回到人类怀抱 …………… 114

第二十六章　毛克利学习做人 ………………… 118

第二十七章　毫不客气的毛克利 ……………… 122

第二十八章　毛克利智斗瘸虎邪汉 …………… 125

第二十九章　邪汉之死 ………………………… 130

第三十章　虎皮争夺战 ………………………… 132

第三十一章　毛克利重返森林 ………………… 136

第三十二章　毛克利的苦恼 …………………… 143

第三十三章　歹毒的巴尔道 …………………… 148

第三十四章　毛克利救美修娃 ………………… 152

第三十五章　黑豹的威胁 ……………………… 157

第三十六章　村庄的灭顶之灾 ………………… 160

第三十七章　毛克利的复仇 …………………… 163

第三十八章　大蟒蛇卡阿的秘密 ……………… 166

第三十九章　探寻宝藏 ………………………… 169

第四十章　智斗宝藏守护者 …………………… 173

第四十一章　安卡斯的魔性 …………………… 176

第四十二章　丛林里的人类尸体 ……………… 179

第四十三章　归还"魔鬼化身" ……………… 184

第四十四章　卡阿妙计帮助毛克利 …………… 186

第四十五章　最后的大决战 …………………… 193

第四十六章　毛克利回归人类 ………………… 198

第一章　嚣张跋扈的大巴希

西奥尼灵泉的水包治百病，被称为圣水，任何有伤的动物只要喝上一口，身体很快就会康复。所有野兽都对灵泉敬畏不已，除了坏蛋大巴希，他经常在灵泉里故意捣乱，惹得野兽们对他恨之入骨。面对嚣张跋扈的大巴希，大家会忍气吞声，还是会狠狠教训他呢？

夜幕降临，森林寂静无比。原本的风声、动物的叫声都仿佛已消失，只有在宁静的空气中不时传来几声鸟的呜咽声。

月亮虽然出来了，但大片的月光却被乌云密布的天空遮挡住了，整片森林笼罩在一片黯淡中。然而，对于森林中大多数的动物来说，夜晚却恰恰是他们出来活动的时候。他们白天躲在舒适的巢穴里呼呼大睡，为的就是养精蓄锐，晚上出来大干一场，捕捉美味的猎物。

在这片丛林里，有一处最与众不同的地方，那就是西奥尼丘陵的小溪谷。从外表看去，这似乎只是一条微不足道的小溪谷，但实际上，它却是一处充满了神秘魔法的地方。凡是受过伤的动物，都知道西奥尼小溪谷。溪水的源泉，就是这片丛林里大大有名的西奥尼灵泉。在丛林野兽们的心目中，灵泉的水显然已成了圣水，这是因为灵泉的水能够治疗一切伤口。不管是什么样的野兽，受了什么样的伤，也不管伤口有多大，只要在灵泉中洗一个澡，伤口就会立即愈合。

为确保每个动物都能在灵泉里得到治疗，丛林里的野兽们达成了一个约定俗成的规矩。只要一进入灵泉中洗澡疗伤，就算是势不两立的仇人，也必须和和气气，不能在灵泉中张牙舞爪，更不能动手动脚。至于在灵泉中洗完澡离开后，立刻又大动干戈，那又是另外一码事了。

然而，今天晚上的灵泉却颇不平静。一只令丛林野兽们厌恶的豺，也是被称作丛林坏蛋的大巴希出现在了岸边。大巴希因为他的无才无德、又馋又懒，而在丛林中臭名远扬。而且他还经常在丛林中的野兽中挑拨离间，最喜欢干一些见不得人的龌龊事情。

今晚，坏蛋大巴希也想在灵泉里洗澡。他身上没有伤，但他就是要到灵泉洗澡。他的目的就是要让此时在灵泉里洗澡的野兽们无法安心洗澡，他就是这么坏，爱干损人不利己的事情。

坏蛋大巴希在岸上大嚷大叫："灵泉是我的，你们这些小家伙都给我从灵泉里滚回家去。"灵泉里洗澡的野兽们听了大巴希的话，气愤无比。一头雄壮的狼"呼"的一声从水里跃出，站在大巴希面前。公狼严正警告大巴希，劝告他别在圣泉捣乱，这样做只会让大家更讨厌他。

大巴希不听劝告，非要独占灵泉。公狼因为受了伤，没力气也没心情跟大巴希打架。他刚一转身，大巴希就从岸上纵身一跃，跳进了灵泉里，吓得其他受伤的野兽纷纷跳上岸边。

坏蛋大巴希完全不顾其他野兽的存在，在灵泉里得意忘形地戏耍，把泉水全搅浑了。野兽们都恨死大巴希了，要不是有那条不许在灵泉里打架的规矩，大家早就打得他趴下站不起来了。

第二章　公狼勇斗大巴希

正所谓饥不择食，坏蛋大巴希饿得受不了，竟然跑去向公狼讨要吃的。而且他还黄鼠狼给鸡拜年——没安好心地吓唬公狼，说大老虎邪汉要来了。公狼会害怕么？

又是一个寂静的夜晚。

丛林深处，西奥尼溪谷东侧的一个岩窟里，一只公狼醒了。威猛的公狼精神抖擞，浑身上下充满了雄壮的野性气息，似乎在告诉大家他是这个岩窟的主人，谁也别妄想伤害他的家人。

公狼往岩窟外走出几步，站在窟外引颈向天，纵声嗥叫起来，发出一阵响亮的捕猎信号。他的声音浑厚低沉，连绵不断地传到远方，方圆数千米的地方都能听见他的长嗥声。

一丝明亮的月光从公狼的洞窟一晃而过。借着这一丝难逢的月光，公狼回头望了望窟内，一头母狼正为四只仔狼喂奶。望着自己温馨的家，公狼欣慰无比。外出捕食之前，公狼决定再看一看他的儿子们。

他轻轻地来到仔狼们的身边，朝母狼笑了笑，伸出狼爪小心地在仔狼身上抚摸起来。他不敢用力，生怕这双威震丛林的利爪一不小心伤害了宝贝儿子。

这时，母狼轻声对公狼说："你出去捕猎，一定要小心，我听说这几天有一个厉害的猎人经常出没在这一带。"

公狼"嗯"了一声，算是回答母狼。他生性谨慎，知道怎么对付强大的敌人。这时，窟外突然出现一个大黑影。公狼心头一凛，厉声喝道："谁？"

大黑影立刻现身在窟口。公狼定睛一看，原来是一只豺。不错，正是臭名昭著的丛林坏蛋大巴希。

大巴希笑嘻嘻地说："威猛的公狼先生，你又要出去打猎吗？只要你一出爪，不管多么厉害的野兽都会束手待毙。你真是太厉害了，我很崇拜你，请你接受我的崇拜吧！我同时也为你的儿子们祝福，祝福他们天天快乐、健康成长！"

公狼知道坏蛋大巴希谎话连篇，十句里没有一句讲的是真心话。他最不愿意和大巴希交往，大巴希真是太可恶了。大巴希是一个阳奉阴违的家伙，说话从来都是明里一套，暗地里又是一套。他经常以两面三刀、挑拨离间、煽风点火的丑恶形象，出现在丛林野兽们的面前。

坏蛋大巴希见公狼不为自己的奉承话所动，心里有了气。但是一想自己有求于公狼，他又不得不忍住，不能发作。他到今天晚上为止都没有找到食物，已经饿了一整天了。

此时，大巴希饿得快支撑不住了，没办法，他只得继续讨好公狼，说些中听的话。

"威猛的狼先生，我祝福你长命百岁，行不行？"

此时此刻，大巴希饿得眼冒金星，四腿发颤，一不小心就胡言乱语了。他说的话果然不是真心话。

公狼终于开口说话了，他故意用很大的声音对坏蛋大巴希说道："哎呀！这不是大巴希吗？你怎么啦？你发抖干什么呀？我又没有欺负你，有什么事吗？"

大巴希诉起苦来："公狼大哥，我没你那么威猛，也没你那么勤劳，我经常有上顿没下顿地活着。不怕你笑话，我整整三天没吃东西了。你也看见了，我现在饿得只剩下一点儿皮骨了，连说话都没有力气了，你一定要帮帮我！"

公狼冷笑道："不至于沦落到这种地步吧！三天前，你不是还耀武扬威地要独占西奥尼灵泉吗？你那时可威风得很啊！要知道，我们有多少朋友当时都很崇拜你呀！豺老大，你真是太谦虚了，你的祝福我可无法承受！"

大巴希想起来了，那天晚上他到灵泉逞凶，有一头负伤的公狼教训了他一顿。他当时没有把那头公狼放在眼里，现在一回想，才知道那头公狼就是眼前这头威猛的公狼。

大巴希赶忙又说道："你就大人不计小人过吧！况且我也不会白吃你赠送给我的食物，我会告诉你一个消息。"

"什么消息？"公狼谨慎地问道。

"大老虎邪汉就要来了！"大巴希耸人听闻地说。

公狼一声不吭地望着窟外黑黑的丛林。

大老虎邪汉住在卫茵郡嘉河畔，那里离西奥尼溪谷有二十千米远。邪汉的右腿瘸了，但他的虎威依在，他仍然是丛林之王，仍然统治着这片丛林的大小野兽。大老虎邪汉的凶狠是出了名的，野兽们都非常忌惮他。

宁可信其有，不可信其无。公狼不是大老虎邪汉的对手，关于瘸老虎邪汉到来的消息，他宁愿相信是真的。

大巴希察言观色，立刻猜出公狼准是被瘸老虎邪汉吓住了，心里暗自得意。他紧接着又说："瘸老虎邪汉到处放话说他这次回来，要好好教训那些无法无天、气焰嚣张的家伙。"

"公狼先生，你说我们这片丛林里作威作福、颐指气使的是谁？"

公狼不想跟他多说，"嘿嘿"冷笑两声，冷眼望着大巴希。

大巴希看到公狼朝他射来一道冷冷的目光，心里不禁打了一个冷战。大巴希站在窟外一动不动，也不敢再说过火的话。他饿得不行，又被夜晚的冷风吹在身上，忍不住打了个激灵。

公狼本来不想给大巴希吃的，但他突然想到狗急了也会跳墙，谁知道坏蛋大巴希饿了会干出什么坏事呢？这么想着，公狼尾巴往窟内右侧一甩，一根梅花鹿骨头"呼"的一声，飞过他的头顶，紧接着"啪"的一声，落在坏蛋大巴希面前。大巴希张口咬起那根大骨头，咔嚓咔嚓开始吃起来。

威猛的公狼冷冷地对大巴希说："你是不是还想吃骨头？"

此时大巴希饿得慌，他哪里知道这句话的意思是公狼让他马上离开。这根骨头根本喂不饱大巴希的肚子，他听到公狼说还有骨头送给他吃，高兴得放下嘴里的骨头，急忙问："还有吗？真的还有骨头吗？太好了！"

公狼把自己的大利爪伸到大巴希面前，冷冷地说："这根大骨头你敢不敢吃？"

大巴希吓了一跳，他早就知道公狼的大利爪十分厉害，他再贪心也不敢碰公狼的大利爪啊！大巴希赶忙咬着那根还没吃完的骨头，夹着尾巴连滚带爬溜走了。公狼在洞口引颈长啸，啸声远远传到了数里之外。

大巴希刚跑到溪谷，本来想停下来歇歇。但他听到公狼这一声长啸，心里更加害怕，没命地往前逃，一直逃到几千米外的大石头边，才敢停下来喘气歇息。但是，大巴希突然发现嘴里空空如也，那根还没吃完的骨头不见了，原来是在路上跑丢了。

大巴希只恨自己太慌张，竟然把好不容易讨来的骨头弄丢了。他想回去找骨头，但一想到威猛的公狼，禁不住胆战心惊。他知道公狼极不好惹，只好夹着尾巴，远远地离开了西奥尼溪谷。

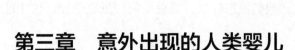

第三章　意外出现的人类婴儿

正如坏蛋大巴希所说，瘸虎邪汉果真来了。公狼和家人还发现瘸虎邪汉受伤了，正当他们准备进行攻击时，却突然看到草丛里躺着一个婴儿。丛林里怎么会有人类的婴儿呢？婴儿能逃过瘸虎邪汉的魔爪么？

公狼正要转身回洞窟，突然听到一阵愈来愈近的虎啸声。母狼忍不住惊呼了一声，四只仔狼也感到危险正在逼近。公狼再一细听，虎啸更加猛烈了，显然发声的老虎已经到了西奥尼溪谷。公狼暗想：看来这次大巴希没有撒谎，瘸老虎邪汉果真来了！

母狼声音发颤地对公狼说道："邪汉越来越近了，他真的要对付我们吗？"

公狼斩钉截铁地说道："我们跟他往日无冤，近日无仇，他如果真为难我们，我们也绝不相让。"

母狼轻声说道："话虽这么说，但瘸老虎邪汉确实不好对付。他要是没有真本领，怎么会当上丛林之王呢！"

公狼说："我觉得他这次回来，并不只针对我们，他还想对付人类。他的胃口大着呢，要知道他吃了不少人呢！"

母狼说："不错，邪汉恶贯满盈，不会有好下场。他吃了那么多人，人类不会放过他，说不定他会死在人类手里。"

公狼皱了皱眉头，严肃地说："邪汉这个坏家伙每次吃完人，便拍拍屁股，没事般大摇大摆地溜走，却把我们给害惨了。人类才不管谁吃了他们的人，他们愤怒起来，见狼杀狼，见鹿杀鹿，这才是邪汉罪该万死的关键。"

母狼陷入了沉思中。

突然，西奥尼溪谷下传来瘸老虎的惨叫声。

公狼一跃而出，站到洞窟口探头张望。

母狼紧张地抱着四只惊吓不已的仔狼，对公狼说："瘸老虎邪汉怎么啦？感觉他好像受了伤，到底怎么回事？"

公狼说："的确像是受伤了，他好像受到了人类的围攻，快要完蛋了。"

母狼仍然不放心，说："瘸老虎邪汉诡计多端，说不定他是故意假装受伤，骗你出去，千万别中了他的毒计！"

公狼说："我听到了瘸老虎邪汉逃跑的声音，声音很凄惨，不像装出来的。听！他已经逃得远远的了。"

母狼正要说话，公狼头也不回，纵身一跃出了洞窟，"扑扑"几声轻响，就到了溪谷。公狼警惕地观察溪谷四周，瘸老虎邪汉行事阴险诡秘，说不定他还藏在附近呢。

就在这时，前方一丛高高的软草里有什么东西在蠕动。公狼以为瘸老虎邪汉藏在软草里面，他不敢轻举妄动，紧张地屏声敛气，做出随时进攻的姿态。

等了七八分钟，不见软草里面有什么动静，公狼更不敢轻举妄动了，他料定瘸老虎邪汉也正在全力准备，想一举击败自己。公狼全身鼓劲，从骨骼碰撞发出的"咔咔"声响，就知道他已经把全身劲力都用到了骨骼里面。如果瘸老虎邪汉猝然出击，公狼也不会轻易让他得逞。

公狼又全副武装地等了五分钟，仍然不见软草里有什么动静。

公狼勃然大怒，想到与其这样坐以待毙，不如干脆主动出击。做好了战斗准备，公狼立刻后腿一蹬，身子陡然跃起，张牙舞爪朝软草深处猛扑过去。但当他在半空中看到一个幼小的孩子趴在草边玩耍时，哪里还忍心扑下去。

公狼往软草丛左侧一摔，硬生生摔倒在地上。虽然没有摔伤皮骨，但这一摔集全身之力，真是疼痛难忍。

公狼本以为癞老虎邪汉藏在草丛里，哪里想到会是一个人类婴儿。面对这个可爱的小家伙，善良的公狼当然不忍心伤害他！

公狼猜想，肯定是刚才癞老虎邪汉和一伙人激战时，那伙人为保护婴儿的安全，把他藏在了草丛里。癞老虎吓跑了那些人，但他自己也受伤不轻，他生怕那伙人回去搬救兵，连婴儿也不敢吃，便自顾性命地逃走了。

事实上，公狼只猜对了一半，真实情况是这样的。这天晚上，婴儿跟随父母一起来露营。父母两人围着营火准备晚餐时，他独自一人蹲在草坪上玩耍。就在这时，癞老虎从丛林里跳出来，一脚踩在火堆上，父母吓得东跑西窜，婴儿就被遗留在了那里。

丛林里危机四伏，到了晚上更是有许多觅食的动物出来，如果不把婴儿带走，他肯定会被凶残的野兽们吃掉。想到这里，公狼决定把婴儿带回家，保护起来。公狼用嘴轻轻叼住婴儿的衣服，小心翼翼地往家走去。

母狼正焦虑地在家等待公狼，突然看到公狼带回一个可爱的婴儿。吃惊之外，一看到这个婴儿粉嘟嘟的小脸蛋，母狼又欣喜无比，脸上流露出母亲特有的慈祥来。

公狼说："这个婴儿挺可怜的，我们如果不保护他，他一定会被其他野兽吃掉的。"

母狼说："那以后我们就养着这个婴儿吧！"

公狼看着婴儿，点了点头。

母狼高兴不已，她低下头，轻轻伸出舌头舔着婴儿的小脸蛋。婴儿

"咯咯咯"地笑起来，又顽皮地在母狼身边爬来爬去。当他的小嘴巴碰到母狼的乳头时，便一下子咬得紧紧的，再也不肯松开了。这个调皮的小家伙，开始了一顿美味的晚餐！

第四章　飞扬跋扈的瘸老虎

大巴希尾随邪汉而来，盛气凌人要抢回婴儿，公狼和母狼坚决保护婴儿不被带走。他们之间发生什么事情了呢？婴儿的命运最终怎么样呢？

洞窟里，公狼与母狼正商议如何抚养婴儿，洞口突然闪过一道黑影。

"谁？"公狼猛地转身，两道锐利的目光射向洞口，警惕地问。

瘸虎邪汉站在洞口，宽大的四方脸上一双又圆又大的眼睛，恶狠狠地在洞里来回搜寻。

大巴希紧紧跟在邪汉身后，讨好地说："大王！婴儿就在这洞里！"

公狼见是邪汉，心中一惊，却故作镇定地问："你来干什么？"

"刚才有一对夫妻被我吓跑了，他们的孩子是不是藏在你这里？"老虎摆出一副盛气凌人的架势问。

"邪汉，你真是胆大妄为，竟敢与人类为敌，还要欺侮幼小的婴儿。他是我救回来的，但凭什么要交给你？"公狼毫不示弱。

瘸虎见公狼出言顶撞，忍不住怒气冲天，大声吼道："凭什么？就凭我是丛林之王！快把他交出来，否则与你没完！"

听邪汉自称为丛林之王，心中恼怒的母狼轻轻放下婴儿，往前走了几步，大声说："你这个卑鄙的家伙，根本不配当丛林之王。你胡作非为，干尽坏事，现在又违反规矩，伤害人类，我看你就是个魔鬼！你听着，孩子在我们手里，我们要养活他，等他长大以后，一定会去找你算账。快点滚得远远的，休想碰他一根毫毛！"

母狼的话义正词严，把瘸虎邪汉说得哑口无言。瘸虎邪汉没把公狼放在眼中，但对母狼却心存畏惧。看见母狼发威，不由得向后退了好几步。

母狼的外号叫"拉克夏"，意思是森林中的魔鬼。她身体灵活，脾气暴躁，是威名远扬的一头狼。只是这几年在家里拉扯孩子的原因，她的性情温和了许多，要是搁到从前，她早就与邪汉动手了。

母狼见邪汉仍在洞口不肯离去，厉声骂道："瞎了眼的瘸虎，你不要打这孩子的主意了，我们绝对不会把他交出去。你还是识相点，赶快滚蛋吧！"

母狼的声音凄厉高亢，响彻夜空，就连身边的公狼也暗自心惊。

瘸虎邪汉见眼前的形势占不到便宜，可又不愿就此善罢甘休。他已经一整天没吃饭了，眼看着到手的食物被别人夺走，心中不甘，脑子一转，想出一条毒计。

"嘿嘿！你们想抚养那个孩子，简直是白日做梦！难道你们不知道种族里的规矩吗？自古以来哪儿有狼抚养人的道理，你们的同类肯定不会答应。况且，这孩子的父母是让我吓跑的，我有权利占有他。如果你们仍然执迷不悟，我一定不会放过你们！"邪汉抬出狼族的规矩，威胁着说。

母狼听了，冷笑两声："哼哼！你伤害人类的孩子，难道是遵守规矩吗？"

邪汉看他们并不买账，无可奈何地摇摇头，带着馋鬼大巴希灰溜溜地离开了。

母狼和公狼这才松了一口气。刚才他们虽然没有与敌人动手，但却都都捏着一把汗。邪汉的脚虽受了伤，可他毕竟是一只凶猛的老虎啊！

他们坐在地上休息了一会儿，又谈论起人类的孩子。公狼紧锁着眉头说："刚才邪汉的话提醒了我，我们要抚养这个孩子，还真有点麻烦。必须同其他的狼商量一下，听听别人的意见，如果他们不赞成的话，确实不好办。"

母狼低头沉思了好长时间，开口说："那怎么办呢？总不能把他扔出去吧，邪汉也许就隐藏在附近，扔出去岂不成了他的美餐？他吃完拍拍屁股走了，人类知道了，一定会大举围攻山谷和丛林。到那时，遭殃的还是是我们。况且，这孩子非常可爱，我有点舍不得呢！"

公狼点点头说："嗯，这孩子不仅可爱，而且十分勇敢。你瞧，他的小脸胖嘟嘟的，小腿不住地乱蹬，多像一只青蛙呀！我们就叫他毛克利吧！毛克利就是青蛙的意思，多好听的名字啊！可同类如果不赞成，我们该怎么办呢？"

想到这个问题，公狼和母狼都低下头去，陷入了对未来的担忧中。而天真可爱的毛克利，却丝毫没有受到身边危险的干扰，竟然在母狼的怀抱中睡着了。

第五章　毛克利参加狼群集会

眼瞅着到了每月十五号狼群集会的时候，这次会议事关重大，直接决定着毛克利是否能够留在狼群。那么，结果如何呢？

又到了十五号，每月的这一天，狼群都要举行隆重的集会。按惯例，实际上也是狼种族的一个制度，凡是学会走路的小狼，都得跟随家长一起参加集会。集会时，小狼必须在台上亮相，让其他狼看清他的面目，确认是谁的孩子。之后，小狼就算具备了合法身份，可以在丛林中公开出现。

在这个时期内，小狼们可以任意寻找食物。狼族的政策相当宽松，小狼们偶尔犯点小错误，一般也不会被追究，更不要说惩罚了。当不借助别人的力量就能捕获梅花鹿时，他们就会被当作成年狼来对待。而对于本族之外的其他动物，狼族的制度却非常严厉。不管是谁，一旦伤害了狼族成员，必然会遭到灭顶之灾。

这天晚上，收养毛克利的狼夫妇犯难了。公狼抓耳挠腮，焦虑不已，不住地嘟囔："怎么办呢？集会马上就要开始了，如果别的狼不赞成收养毛克利，他一定会被咬死。但这种集会又不能缺席。况且，永远把他藏在家中，也不是长久之计，迟早还会被别的狼发现，那样的话，麻烦就更大了。再说，孩子一直待在洞中，不出去活动也不行啊……"

母狼怀里抱着毛克利和她的四个儿子，也是一脸的愁容，不住唉声叹气："咱们一块儿去吧，到时候见机行事。"

商议妥当，公狼与母狼便带着毛克利和四个孩子上路了。

天空中悬挂着一轮明镜般的月亮，银色的月光把大地照耀得像白昼一样。狼群的会场在丛林中的一块空地上，空地四周是一座座高低起伏的小山坡。如果遇到敌人进攻，他们会立即爬上山坡，占据有利地形，居高临下对付敌人。

会场中，有两只狼特别引人注目。一只是狼群中的勇士，他身材魁梧，力大无比，参加过大大小小不下百次的战役，即使面对最凶猛的野兽，只要他一出马，也一定会手到擒来。他的儿子刚满三岁，就可以单独捕获梅花鹿，成为成年狼。

另一位是狼族的最高统治者阿克拉，他一生未娶，当然也没有儿子。阿克拉在狼族中的年龄最大，他经验丰富、机智勇敢、德高望重，掌握着狼群中发号施令、生杀予夺的大权。

阿克拉一生中经历了无数大风大浪。最危险的一次是掉进猎人的陷井中，被猎人捉住后打得皮开肉绽，昏迷不醒。猎人以为他死了，把他扔进山沟里。但没想到阿克拉福大命大，竟然在昏迷了七天七夜后醒了过来，并最终大难不死，活着逃了回来。

看看时间差不多了，阿克拉站起身来，向会场扫了一眼，大声宣布："大家静一静，我宣布，本月集会现在开始！按照以前的老规矩，各家把自己的儿子领出来，让他们站到台上，大家要仔细看清他们的毛色、身体形状和面部特征，并深深记在脑海中，以便在今后的活动中，能把他们准确地辨认出来。好了，闲话少说，哪一位小狼先上台？"

阿克拉的话音刚落，就见小狼们一只接一只地走到台上，绕着台子转圈圈。有的小狼不明白是怎么回事，好奇地在台上东张西望。这时，台下的大狼都屏住呼吸，一声不响，目不转睛地瞅着那些小狼，把他们的形貌牢牢记住。看到比较出众的小狼，大狼们便会忍不住发出"啧啧"的赞叹声。

大约用了半个多钟头，所有的小狼全都辨认完了。阿克拉冲着台下的毛克利点点头说："上来吧！小家伙，轮到你了！"

母狼拉克夏脸上露出紧张的神色，心一下子揪紧了。公狼犹豫了一会儿，把毛克利推出狼群。毛克利哪儿知道他们的心情，他见一只只小狼跑到台上，站了一会儿又走下来，觉得挺有意思，早就等得不耐烦了。

公狼推了一把，毛克利急忙乐呵呵地站起身，东摇西晃地走上台，站在台上手舞足蹈，好像一个小演员在表演节目。

"啊！他不是我们的同类，他是人类的孩子！"

狼群发出一声惊呼。大家纷纷议论起来。

母狼吓得脸色惨白，嘴里喃喃地说："完了！这下完了！大家不赞成毛克利加入狼族，这个可怜的孩子现在还不知道，用不了多长时间，他就要成为狼群的腹中之物。"

想到毛克利被咬死时的可怕情景，母狼浑身哆嗦起来，不敢再往下想了。

公狼的心情和母狼一样紧张，他脸上一片茫然，待在那里六神无主。

会场上的狼群更加骚动不安，"那是人类的孩子"的呼声一浪高过一浪。不懂事的毛克利似乎还嫌不够热闹，他不知从哪儿捡起一根小木棍，握在手里不停地挥舞。

阿克拉不愧是狼群的首领，他站起身来，向会场扫了一眼，沉稳有力地说："大家不要吵！再仔细看看他到底是不是我们的同类，在我们的大会上，绝对不允许出现半点儿差错！"

阿克拉话音刚落，会场东边的一个小山坡上随即响起一个炸雷般的吼声。狼们顺着声音望去，啊！是瘸虎邪汉！他不可一世地站在山坡上，指手画脚地说："你们听着！那个孩子不是你们的同伴，他是人类的孩子。我吓跑了他的父母，所以有权利占有他。你们留下他没什么用处，快点把他乖乖地交给我。否则的话，嘿嘿！我就给你们点颜色瞧瞧！"

狼群中又是一阵骚动，好多小狼躲到家长的身后，有几只胆小的大狼也缩头缩尾，做好了逃窜的准备。

这时候，首领阿克拉双目圆睁，射出两道锐利的光芒，只见他举起双手，在空中用力挥了一下，大声说道："弟兄们！不要惊慌，我们狼族是一个自由、团结的种族，任何动物都不能干涉我们的内政。我们内部的一切事情都由自己处理，任何矛盾也要自己解决，绝不允许外人插手。我们要紧紧地团结起来，不受外界因素的干扰。现在，我们继续讨论这个孩子的问题，请大家睁大雪亮的眼睛，仔细辨认。"

阿克拉的这一番话掷地有声，豪气冲天。会场马上安静下来，恢复了刚才的气氛，狼们又开始七嘴八舌地议论起毛克利。

一只体格健壮，年轻气盛的狼跳出来，高声叫道："我们狼族是一个团结的整体，怎能允许异类在当中存在。他是人类的孩子，我们不承认他的身份。"

母狼拉克夏听了大怒，龇牙咧嘴，恶狠狠地瞪着刚才发表意见的那只狼，场中的气氛顿时紧张起来。

第六章　毛克利加入狼群

毛克利的身份得不到大家的承认，马上要被咬死。在这关键时刻，棕熊伯鲁和黑豹巴希拉挺身而出，想要帮助毛克利加入狼群，他们能成功么？

按照狼族的规矩，像毛克利这种情况，除了他的父母公狼和母狼外，如果有另外两只狼站出来给他担保，他就会得到狼群认可。否则的话，他就不能加入狼族。

公狼用期盼的目光扫射全场，又可怜巴巴地望着阿克拉。可是狼们都低下头，一言不发。显然，谁都不愿意出来为毛克利担保。

狼族首领阿克拉提高嗓门大声问："有哪一位愿意替这孩子担保？有没有谁愿意为这孩子担保？"

阿克拉连问两次，整个会场鸦雀无声，寂静得连地上掉根针都能听见。母狼绝望了，她的意识有点模糊，感觉天要塌下来了。

"狼们不希望毛克利加入，马上就会将他咬得血肉模糊。毛克利那么惹人喜爱，我就是拼个鱼死网破，也要保护这孩子。"

想到这里，一种母性特有的伟大力量从母狼的体内激发出来，她浑身肌肉绷得紧紧的，身上的毛像一根根细针一样竖起来。公狼也摩拳擦掌，做好了激战的准备。

狼们仍然没有一个站出来替毛克利担保，整个会场充满了浓浓的火药味，大战一触即发。

在这千钧一发的时刻，突然传来一个洪亮的声音："我替他担保！"

实际上传来的声音并不很大，但会场实在太安静了，所以使这声音听起来十分响亮。大家顺着声音的方向望去，看到了伯鲁先生。"咕咚"一声，母狼拉克夏提到嗓门的心又落进了肚里，脸上紧张的表情渐渐消失了。

伯鲁是一头大棕熊，也是丛林中的教书先生，他性格温和，负责小狼们的教学工作。他教书十分认真，平时也非常疼爱小狼，经常给他们吃一些野果之类的零食。

棕熊本来不属于狼族，但由于这些小狼将会成为他的学生，所以他每次都要参加狼群的集会，来辨认各个小狼的面目。

棕熊先生在以往的集会上没有说过一句话，所以今天他突然站出来讲话时，大家都感到惊奇不已。

伯鲁也注意到了大家惊奇的目光，他索性站起身来，大模大样地将将胡子，开口说："我替这个孩子担保，大家感到奇怪么？下面谈一谈我的看法。首先，我认为这个孩子本身没有什么错，公狼夫妻将他收留下来是完全应该的；其次，如果让这孩子从小生活在狼群中，长大以后一定会成为我们的得力助手，为我们的兴旺发达贡献他的力量。至于这孩子的学习么，就交给我好了。"

棕熊伯鲁发表完他的意见，又坐回原来的位置。

"嗯，伯鲁先生算一个。"阿克拉说，"但这个孩子要加入狼群，还需要一个人出来担保，哪一位愿意呢？"

公狼和母狼刚才放下的心又悬了起来。他们焦急地等待着另一位担保人的出现。

忽然，站在后面的狼纷纷往两边闪开，只见一头矫健的黑豹像一颗皮球似的，"咚"的一声，越过众狼的头顶，跳进会场中央。这头黑豹长着一身乌黑皮毛，上面均匀地分布着的斑斑点点，在皎洁的月光下闪闪发光。

黑豹的名字叫巴希拉，他平时好像一只绵羊，举止文雅，声音温和。但一旦有谁惹恼了他，他会比大巴希还狠毒。狼群对他十分畏惧，从他眼前走过时，都小心翼翼，点头哈腰。

巴希拉环视一下会场中的狼群，得意扬扬地说："阿克拉首领、各位朋友，我虽然不是狼族里的，不应该干涉你们的内政，但我要用另外一个动物来换取这个人类的孩子，你们不会反对吧？"

说完，他观察着狼们的表情。

丛林中有一个大家必须遵守的制度，狼群集会时，如果小狼不被承认身份，就要被狼群咬死，除非用其他的动物来换取。

听黑豹巴希拉说要用其他动物来换取小孩的性命时，狼们都兴奋地跳起来，举双手赞成，谁愿意去吃一个毫无反抗能力，像青蛙一样的孩子呢？

巴希拉见狼群同意他的意见，接着兴致勃勃地说："伯鲁先生是替这个孩子担保的第一人，我是第二个人。这个孩子手无缚鸡之力，即使加入狼群，也不会损害你们的利益。你们如果吃掉一个毫无反抗能力的小孩，不怕遭人笑话么？这孩子成人以后，会壮大你们的队伍，为你们做很多有益的事情。况且，我这个要求是根据制度提出来的，不是无条件让你们放过他。我下午捕获了一头又肥又大的野牛，当作礼物送给大家，你们美美地享用去吧！"

"好啊！我们又可以饱餐一顿了！一个软弱的人类的孩子，又不是什么凶猛的野兽，让他入群有什么可怕的！"狼群听黑豹巴希拉答应送给他们一头肥牛，齐声同意这个做法。

"巴希拉不是骗我们吧？"有的狼提出疑问。

阿克拉走到黑豹面前，拉住他的手向狼们说："大家安静些，我们的这位朋友向来言而有信，绝对不会欺骗我们。巴希拉，你告诉我们，野牛在哪里？"

"在前面的一个山洞里，又鲜又肥啊！"

"好了，"阿克拉说，"现在我宣布，因为伯鲁先生和黑豹巴希拉两个替毛克利担保，按照规矩，从今以后，他就是我们狼族中的一员了，和其他小狼享受同样待遇。"

"下面请大家接着辨认他的相貌，集会结束后，一起去享用黑豹巴希拉送给我们的礼物。"

毛克利仍在台上玩自己的木棍，他压根不知道自己已经从鬼门关前走了一遭。狼们现在关心的并不是台上的毛克利，而是那头美味可口的野牛。他们生怕去迟了，野牛会被别人吃完，匆匆忙忙朝台上的毛克利瞧了几眼，就飞也似的奔向藏野牛的山洞。

转眼之间，空荡荡的会场只剩下公狼全家、阿克拉、毛克利、黑豹巴希拉和棕熊伯鲁先生了。

公狼和母狼四目相对，一声不吭，他们都大汗淋漓，浑身好像虚脱了一样，没有半点儿力气。刚才那惊心动魄的场面，好像经历了一场血肉横飞的激战。

此时，月明星稀，树影斑驳，微风袭来，几只萤火虫在眼前飞来飞去，真是一个宁静而美丽的夜晚！躲在山坡上的瘸虎邪汉眼睁睁看着毛克利加入狼族，羞怒交加，但却毫无办法，他只有通过发疯似的大叫来发泄心中的郁闷："啊……哇……哦……"

听到邪汉的吼声，巴希拉心中十分畅快，忍不住大笑："哈哈！瘸虎！你发疯地叫吧，等毛克利长大了，恐怕你哭都来不及了！"

阿克拉长出一口气点着头说："你来得真及时，要不是你，这件事还真不好处理呢！现在好了，毛克利一定会为我们带来幸福的。"

失去父母的毛克利，就这样虎口脱险，加入了西奥尼山的狼群。

第七章　调皮捣蛋的毛克利

时光流逝，转眼间，七年过去了，毛克利也长大成人了。他聪明伶俐，母狼公狼对他疼爱有加。知识渊博的棕熊伯鲁担任他的老师，教会了他各种技能和生活礼仪。让我们一起看看他学会的知识和技能吧！

时光飞逝，光阴荏苒，七年了，当年的小婴儿毛克利，如今已长成了一个活泼可爱的小男孩。

那次集会以后，毛克利便随着公狼和母狼一起生活。他天生头脑机灵，随着年龄的增长，也愈发调皮起来。他经常把与自己一块儿玩耍的小狼们捉弄得分不清东南西北。

母狼虽然以泼辣凶狠著称，但却十分疼爱毛克利，对他百依百顺，有求必应。尽管母狼也时常劝导毛克利不要那么调皮，但毛克利却左耳朵进，右耳朵出，一点儿也不放在心上。

公狼也拿他没办法。当公狼生气要教训他时，他就手脚麻利地爬上大树，扮着各种鬼脸，嘲笑树下的公狼。

公狼和母狼担心这样下去，毛克利更加无法管束，商量着把他送到伯鲁先生家中，让他学些为人处世的原则，更主要的是让他掌握丛林中的礼节。因为作为狼族中的一员，如果不懂丛林中的礼节，简直是寸步难行。况且，公狼和母狼一致认为，对毛克利来说，棕熊伯鲁的教育肯定比他们的责骂有效得多。

公狼找到伯鲁,将心中的想法告诉他,伯鲁先生一口应承下来。实际上,伯鲁先生那次集会替毛克利担保时,就承诺要负责教育他。

棕熊伯鲁知识渊博,特别会因材施教。他教出的小狼不计其数,完全可以称得上桃李满丛林。但就是这样一位老先生,竟然对毛克利也束手无策。

这一天,黑豹巴希拉来拜访伯鲁先生。刚进家门,他就听到伯鲁先生的牢骚:"我教了这么长时间的书,从没见过像毛克利这样顽皮的学生,真让人头疼啊!"

巴希拉曾经在人类中生活过一段时间,对人类比较了解。听了伯鲁先生的牢骚,他一边摸摸胡须,一边意味深长地说:"人嘛,刚出生时大都一样,但会越长越不同,导致他们不同的就是那颗聪明的脑袋。对于毛克利,老先生还得多下工夫,细心调教才是,否则的话,他也许不会有出息。"

自从来到伯鲁家里,毛克利就觉得没意思。以前随公狼和母狼生活的时候,多么舒服啊!成天无拘无束,自由自在,与几个小狼兄弟在丛林中捉迷藏,到草原上奔跑,去山洞里寻找食物……可现在,成天面对的除了待人接物的方法,就是丛林中的礼节,他才懒得去用心学习呢!

母狼听说毛克利本性难改,仍然贪玩捣蛋,便来到伯鲁先生家,把毛克利叫到跟前,语重心长地说:"听说你不听从伯鲁先生的教导,仍旧调皮任性,我放心不下,过来看看你。毛克利,我一直把你当成亲生儿子,希望你长大后能干出一番大事业,所以才把你送到这里来接受教育。以前在家中,我们教你的只是些肤浅的知识。你现在还小,等长大以后就慢慢知道了,要想在丛林中生存下去,必须掌握各种动物的生活习性,和丛林中的各种礼节。如果你现在不好好学习,到那时只怕是性命难保。记住我的话,以后学习用功些!"

毛克利十分聪明,从母狼的话中听出了她的良苦用心,于是便开始刻苦学习了。他思维敏捷，理解能力强。其他小狼三天才能学会的东西，他只用两天就掌握了。其他小狼学会本族的礼节就满足了，而毛克利除了这些，还要学习丛林中其他动物的礼节。

伯鲁先生看在眼里，喜在心上。心想人类到底是一种高级动物，他们的后代也非同一般，这孩子日后前途无量啊！他不止一次向巴希拉称赞毛克利。巴希拉听了，也感到欣慰，微笑着对伯鲁先生说："我对这孩子充满信心，希望你能把他培养成一个优秀的人才。那样的话，我们在丛林中的势力就更加强大了。"

伯鲁先生向毛克利传授知识时，巴希拉喜欢站在一边观看。每当毛克利领会了难度挺大的问题时，伯鲁就得意地冲巴希拉笑一笑，那意思是："看见了吧，这孩子就是行，我不是吹牛。"

很快，毛克利便掌握了为人处世的方法和丛林中的所有礼节，同时也学会了一些生存的基本技能，就连奔跑也十分迅速，完全可以与其他的狼旗鼓相当。

这天下午，天空中万里无云，太阳像一个大火球，猛烈地炙烤着大地。地上没有一丝风，树上的叶子一动不动，整个大地像一个大蒸笼，燥热难当。狗有气无力地趴在树下，伸出长长的舌头，其他所有动物都钻在洞里，等待凉爽夜幕的降临。

毛克利坐在一棵大树下，认真地听讲。伯鲁先生身体肥胖，豆大的汗珠不住地顺着长毛滴落在地上。尽管他鼓足精神去教毛克利，但耐不住天气的炎热，上下眼皮不停地打架，头脑昏昏沉沉，一会儿就睡着了。

毛克利迷迷糊糊地听着听着，发现声音越来越弱，抬头一看，棕熊伯鲁正躺在地上打呼噜呢！他也头昏脑涨，迷迷糊糊地睡着了。

这时，从远处隐隐约约飘过一阵欢快的歌声。

年轻力壮的狼们，为了生存，不顾红日当头，在这样闷热的天气，还得去搜寻食物。他们三五成群，边走边唱，歌声欢快而雄壮。

大步向前，迈开矫健的步伐，我们向丛林深处走去，

为了生存，我们去那里觅食。

睁开大眼睛，提防猎人的陷阱；

竖起尖耳朵，捕捉细微的声音；

举起有力的爪子，扑向凶猛的敌人；

露出锐利的牙齿，撕碎猎物的身躯……

这是我们的骄傲！

这是我们的本性！

这是我们的希望！

我们必须提高警惕，抵御凶残的野兽，

我们必须小心谨慎，保卫美丽的家园……

棕熊伯鲁睡得正香，忽然被这歌声吵醒了，睁开眼睛一看，毛克利也进了甜美的梦乡，急忙过去把他推醒："毛克利，不要睡了！毛克利，醒醒吧！"

毛克利睁开蒙眬的睡眼，嘴里嘟囔着："吵什么吵，让我再睡一会儿嘛！"

"不要睡了，你听听，年轻的狼们已经唱着歌，捕食物去了，你还不快点抓紧时间学习，要睡到什么时候呢？"伯鲁先生板着面孔，一本正经地说。

"伯鲁先生，你不是也睡着了吗？"毛克利用嘲弄的口气说。

"胡说，我才没睡着呢，我哪儿有你那么懒！"伯鲁不愿在学生面前丢脸，红着脸撒谎说。

"还说没睡着，口水都流出来了！"毛克利指着伯鲁先生的嘴巴，讥笑他。

伯鲁先生听了，羞得满脸通红，用前爪擦擦口水，咳嗽了一声说："我哪儿睡着了，只是打了个盹。小家伙，不要耍嘴皮了，我们继续学

习丛林礼节吧。"

于是，师徒俩又强打精神，坐直身子，开始上课。由于天气炎热，伯鲁先生讲着讲着，又迷糊了，所讲的内容也不像平时那样连贯，有点前言不搭后语，但聪明伶俐的毛克利全部听懂了。

丛林中的礼节纷繁复杂，博大精深，可不是一门简单的学问。下面举几个简单的例子：

识别枯木法：有些树外面看上去完好无损，但中间早就枯朽了，如果识别能力不强，贸然上去就有危险。

结交蝙蝠法：蝙蝠白天休息，晚上活动，如果不小心惊扰蝙蝠的美梦，必须赶紧向他赔礼，否则晚上睡觉时会不得安宁。

躲避蜜蜂法：在抓捕猎物的过程中，如果遇到成群结队的蜜蜂，得把头伸进草丛里或者立即趴在地面上，否则会被蜇个鼻青脸肿。

讨好水蛇法：丛林中的小河里，生活着许多水蛇，要到对岸时，应该礼貌地向水蛇打个招呼，这样，水蛇就不会袭击你了。

物竞天择，适者生存。在丛林中居住的动物相互之间经常发生斗争，为了一点儿食物，或者为了一块地盘，往往会爆发大规模的战争，这种战争一旦爆发，十分残酷，不是你死，就是我活。

长期在这种环境下生活的野兽，逐渐总结出维护自己利益的方法。他们时时小心戒备，躲在岩石下或山洞里，遇到有外敌入侵，立即全部出动进行反抗。

一般来说，各类野兽都有自己的地盘。所以大家要和平共处，互不干扰，原则上来讲，只能在本族范围内寻找食物。

如遇特殊情况，比如自己的领地内实在没有食物可吃，也允许到其他野兽的范围去打猎，但必须礼节周全，否则的话，就要发生流血事件。

进入其他野兽的领地时，必须在边界上大声吆喝："嗨！朋友们！帮个忙吧，我们哪儿找不到食物了，已经好几天没吃饭了。请让我们进去找点吃的吧！喂！给你们添麻烦了！"

直到人家的最高领导同意才能进入。如果人家愿意让你进入，首领就会答应："行啊！你们进来吧！但你们只能猎取食物，填饱肚子，要是搞什么阴谋诡计，我们可不客气……"

伯鲁先生讲完这些丛林规矩，又接着讲各种飞禽走兽的语言和暗号。

毛克利好奇心重，喜欢听丛林的规矩，因为每一条规矩，都可以体现出一种动物的习性，但一听动物的语言和暗号，毛克利就厌烦了。那些语言叽里咕噜特别别扭，十分难记，一听就头疼。

况且，今天温度高，伯鲁先生讲得含糊不清，听了一会儿，毛克利的玩性就发作了。

"伯鲁先生，停下来吧，先别讲了！太没意思了！"毛克利突然冒出一句。

棕熊伯鲁愣了一下，一会儿明白过来，毛克利又要捣蛋了。他生气地从地上捡起一根树枝，打在毛克利的头上，嘴里骂着："调皮鬼，听得好好的，又来捣乱什么！"

毛克利头上挨了一下，心里不痛快，弯腰在地上拾一块石头，照准伯鲁扔过去，"啪"的一声，不偏不倚打在他的鼻梁上。

毛克利转身就跑并说道："这头老肥熊，看你还敢不敢打我！"

棕熊伯鲁气得七窍生烟，捂住鼻子在后面追赶，一边追一边骂："这个没礼貌的东西，居然敢打我，看我怎么教训你！"

"嘻嘻！嘻嘻！来吧，我在这儿呢！有本事你就追过来。"毛克利边跑边回过头戏弄棕熊伯鲁。

身体肥胖、行动不便的棕熊怎能追得上小巧灵活的毛克利。棕熊伯鲁没跑几步就气喘吁吁，汗流浃背，只好坐回树下休息。

第八章　对毛克利的考试

尽管毛克利十分调皮，戏弄了棕熊伯鲁，还拿石头砸他，但这并没有影响到伯鲁对毛克利的喜爱，包括巴希拉也十分爱他。毛克利非常聪明，但他对所学知识都掌握了吗？棕熊伯鲁和黑豹巴希拉决定对他做个测试，看他是不是真如大家认为的那样聪明。

这时，黑豹巴希拉幸灾乐祸地从丛林中钻出来："嘿嘿！棕熊老先生，你教的徒弟不错嘛……"

棕熊伯鲁听了巴希拉的取笑，摇了摇头，叹着气说："唉！这孩子真淘气，我口干舌燥地给他讲了一下午，他却用石头打我，真没办法呀。"

巴希拉收起脸上的笑容，说："这孩子非常聪明，只是有点淘气。但也不能完全怪他，你想想，他才几岁呀？要不是加入狼群，恐怕还躺在妈妈怀中撒娇呢！他的脑袋有多大？一下子能接受得了那么多知识？你不要太着急，慢慢来吧！"

棕熊伯鲁接着巴希拉的话说："哪儿是心急，我是恨铁不成钢哪！人类的孩子本来就软弱无能，再不学好丛林礼节，你叫他怎么生存下去？俗话说，严师出高徒嘛，他要是不听从教诲，我就得让他吃点苦头。"

"让他吃点苦头？伯鲁先生，你是不是经常打他？"黑豹巴希拉瞪着眼睛问。

一看巴希拉生气了，伯鲁赶忙说："没有，我可没经常打他。只是在他学习不用功时，偶尔推他一下，这无所谓吧？"

"什么无所谓？毛克利细皮嫩肉的，你的手掌皮粗肉厚，他怎么经得起你推呀！我说他的脸上哪儿来的伤痕，原来是被你抓的。往后他要是还不听话，你最多责骂几句，绝对不能动手，听见了没？"

"听见了，不过那样的话，以后就更不好管教了。"棕熊伯鲁摇着头说。

"也只好这样了，"巴希拉说，"你就多费点心思吧。对了，你刚才不是正教他野兽的语言和暗号吗？怎么样？毛克利全掌握了吗？他哪儿去了？我要考考他。喂！毛克利，你躲哪儿去了，快出来吧！"

伯鲁先生和黑豹巴希拉等了一会儿，不见毛克利的影子，伯鲁皱着眉头小声嘟囔着说："这孩子，跑到哪儿去了，还不快点出来，我又不责备你。"

"哈哈！我在这儿呢！"毛克利坐在他们头顶的大树上，顽皮地扮着各种鬼脸，哈哈大笑。两人的谈话，他听得一清二楚。

伯鲁先生和巴希拉吓了一跳，抬起头一看，是毛克利。

"下来吧，巴希拉要考考你呢！"伯鲁冲他喊道。

"好吧！"说着，毛克利手脚并用，"嗖嗖"几下从树上爬下来。

棕熊伯鲁拉住他的手，温和地说："过来，往前一点儿，把学到的动物语言和暗号说出来，让巴希拉听听。"

"我知道许多种动物的语言和暗号，到底要我说哪一种呢？"毛克利仰起小脸，得意扬扬地说。

伯鲁先生见毛克利骄傲自大，沉下脸严肃地说："毛克利，你才懂得多少动物语言，也敢在这儿说大话？我不是对你说过吗，学海无涯。我活这么大岁数了，也有许多礼节和动物语言不太熟悉。谦虚使人进步，骄傲使人落后，这个道理你可要牢记在心啊！"

毛克利知道自己错了，红着脸，低下头小声说："嗯，我知道了。"

伯鲁先生来劲了，转过头对黑豹说："常言道'一日为师，终身为父'！在以前，人们无论富贵贫贱，都对老师非常尊敬。那时候，谁家要有好吃的，一定先拿给老师品尝。可现在，不知什么缘故，许多小狼只学会一些鸡毛蒜皮的知识，就心满意足地拍拍屁股走了。别说平时，就是逢年过节也不来看看我。唉，想起来真是让人寒心呀！"说到这里，伯鲁先生把头转向毛克利，接着说："毛克利也不例外，我刚教他十来天，他就说学会了，一点儿都不脸红。小淘气，不要得意，过来，我问你，狼族的暗号是什么？"

毛克利见伯鲁先生啰啰唆唆说了一大堆，心中早不耐烦了，听他让自己回答狼的暗号，急忙张口，脆生生地回答说："嘿，这种问题还用问吗？要是遇到狼，就说：'我们是同一个民族，我们拥有同一个祖先，我们身上流着同一种血液，我们是骨肉兄弟啊！'伯鲁先生，对了吧？"

伯鲁先生点点头，接着又问："如果遇到鸟类，你该怎么说呢？"

毛克利不假思索地说："鸟类的暗号和狼的基本相同，将后面一句改变一下就行了。"说完，他"吱啾，吱啾"地学着鸟叫，简直可以乱真了。

巴希拉脸上露出赞许的笑容，接着考了他一个难度较大的问题："嗯，你学得还行，如果遇见毒蛇，你有什么办法呢？"

毛克利像大人似的，装模作样地咳嗽一声，用手摸摸没有胡子的下巴，然后用手指捏起嘴唇，发出了蛇一样的叫声："嘶——嘶——嘶——嘶嘶——"

见毛克利每个问题都对答如流，棕熊伯鲁和黑豹巴希拉不由得伸出大拇指连声称赞。毛克利又露出调皮的本性，"腾"的一下骑到黑豹背上，一手抓住他的后颈，一手高举做出挥动皮鞭的样子，嘴里喊了一声

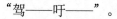

"驾——吁——"。

嘿嘿，他把黑豹当成骏马了。

伯鲁假装生气的样子，瞪大眼睛冲他说："快点下来，没大没小的，像什么样子！"

毛克利满脸不在乎，还冲着伯鲁挤眉弄眼。

棕熊无可奈何，摊开双手对巴希拉说："蛇的语言和暗号不好学，为了教会他，我花很多工夫，而且多亏了哈蒂老先生帮忙。"

"嗯？哈蒂？你是说那头大象吧。我知道，据说他在两百年前就来到了丛林中，他走过的桥比我们走过的路还多呢！"

"嗯，哈蒂先生上知天文，下知地理。我跋山涉水找到他，将我的困难一说，他一口就答应了。"伯鲁接着说，"由于我年纪大了，蛇的叫声怎么也学不像。没办法，哈蒂先生干脆把毛克利带到水蛇聚集的小河边，指导他模仿蛇的声音。要说毛克利的悟性也不错，只一星期就学会了。"

"毛克利什么都好，就是太淘气了。你看看，咱们刚夸了几句，他一高兴就骑在你的身上。要是让外人看见了，成何体统！"棕熊老先生虽然一本正经地数落着，但仍然掩饰不住内心中对毛克利的疼爱之情。

与伯鲁相比，黑豹巴希拉对毛克利的疼爱，更是有过之而无不及。

"伯鲁先生，丛林中的礼节，他学得差不多了。依我看，他对野兽的语言和暗号掌握得不错，今后即使一个人单独活动，也不会有什么危险。这可都是你辛勤培养的结果啊！"巴希拉任由毛克利骑在背上，一边思索一边说："但有一件事你必须提醒他，一定要让他随时注意我们最头疼的敌人——狡猾、凶残的人类，他们可是从来都不管什么丛林礼节和暗号呀！"

第九章　可恶的猴子

猴子看中了毛克利的一身本领，打算拉拢毛克利加入猴群，统治森林。毛克利却误把猴子认作人类，并和他们玩耍。棕熊伯鲁和黑豹巴希拉听闻此事恼怒万分，并警告毛克利不准再和猴子玩耍，但猴子们却悄然展开了他们的阴谋计划……

听到"人类"二字，骑在黑豹巴希拉背上的毛克利赶紧竖起耳朵，专心致志地想听个明白。但他们很快又转别的话题去了。

毛克利还想听，用手揪揪黑豹的耳朵，又用脚踢踢他的肚皮。

"毛克利！你在上边干什么呢？"巴希拉生气了，大声骂他。

"你们刚才说到关于人类的事情，是不是？我还想听一听，我与他们挺熟的。"毛克利回答说。

"你与他们挺熟？怎么回事？"巴希拉厉声问道，"你怎么会跟他们认识？"

毛克利骑在巴希拉背上乐呵呵地说："我跟他们一块儿玩，所以认识，这有什么奇怪的？我们一起玩捉迷藏，挺有趣的。他们正商量着趁你们不注意时，往你们身上放几只跳蚤。嘿嘿！好玩吧？"

棕熊伯鲁听了，气得火冒三丈，迅速伸出前爪，一把将毛克利从黑豹背上拉下来。毛克利见棕熊伯鲁真的动怒了，吓得魂飞魄散，急忙要跑，却早被棕熊一把抓住，动弹不得。

他抬起头正要求饶，却看见棕熊伯鲁通红的双眼都要喷出火来了，吓得连口也张不开了。

只见黑豹巴希拉一跳三尺高，全身的黑毛直直地竖起来，张开像脸盆一样大的嘴巴，露出两排白森森尖刀似的牙齿，眼中射出两道锐利的寒光，跳到毛克利面前大吼一声："毛克利！你是不是认识猴子？你说！你是不是经常与他们一块儿玩？你好大的胆子，你知道不知道，猴子们是品质恶劣的大坏蛋。我告诉你，以后要再看见你与他们玩，我一定要剥了你的皮，抽了你的筋！"

巴希拉的声音响如洪钟，震得耳朵嗡嗡作响。毛克利看到两只非常疼爱自己的动物露出前所未有的凶相，吓得毛骨悚然，起了一身鸡皮疙瘩。但他怎么也不明白，是什么原因让他们对猴子恨得咬牙切齿。

过了好长时间，棕熊伯鲁和黑豹巴希拉的脸色才慢慢平息下来。巴希拉走到树下，胸脯一起一伏，嘴里大口大口地喘着粗气。

伯鲁的双爪仍然没有离开毛克利的肩膀，但眼中露出了往日的慈祥，他轻声说："毛克利，不是我们怕你玩，而是怕你与那些猴子们一起玩。那些猴子卑鄙无耻，没一个好东西。谁也不想与他们接触，要是有人看见你跟他们玩，我们也会为你感到脸红呢。"

毛克利这时才意识到问题的严重性，吓得哭出了声，抽噎着说："我刚才打了你的鼻子以后，跑到河对岸，一伙与我面目相似的动物跑过来，拉着我的手，递给我许多果子。我就与他们一起玩了一会儿。可是，他们真的像你们所说那么可恶吗？"

"是的。毛克利，给你吃果子的那些坏蛋叫猴子，绰号是'丛林中的拾荒者'，他们极为无耻。今天是第一次，我们就饶了你。从此以后，不管他们怎样勾引你，你也不要跟他们玩。"

"我知道了，但他们对我很热情，还答应我说，过几年我年龄大了，他们就推举我做首领。"

"胡说八道！他们根本就无组织，无纪律，更没有首领。"

"对！伯鲁说得对！猴子们只顾自己的利益，根本不为集体考虑，他们最喜欢的就是挑拨离间。"巴希拉轻蔑地说。

"但他们与我长得很像，也是站起来走路，并且会上树，他们说与我是一家人，而且会保护我的。我和他们在一起时很开心，我乐意和他们玩。我觉得他们没有骗我。"毛克利一边说，一边扭动肩膀，想从棕熊伯鲁的双爪下挣扎出来。

棕熊伯鲁哪里肯放，他瞪大双眼，爪上加劲，嘴里喝道："给我好好站着！听我说话！"

棕熊的声音沉着有力，他继续说道："我教你的丛林礼节和飞禽走兽的语言、暗号，没有一条和猴子有关，就是不希望你与他们相处。那些猴子成天在丛林中闲逛，不懂半点儿礼貌。"

"所有的动物都有自己的种族，自己的语言，但他们没有。他们都是些软骨头，没有谁瞧得起他们。他们自以为有多么机灵，有多么出色，实际上净干一些无耻的事情，除了搬弄是非就是挑拨离间。"

"猴子们因为没有首领，也就没有组织。每次集会都大吵大闹，乱七八糟。他们也缺乏互相帮助的精神，如果碰上一点儿好吃的，就会一拥而上，抢作一团。在丛林里谁也不承认他们是一个团结的整体。所以，我们这些正义的种族都不愿与他们同流合污。活着的时候我们不愿意和他们打交道，死了也不和他们埋在一块儿。"

说到这里，棕熊伯鲁停下来喘口气，接着问："毛克利！我以前给你讲过有关猴子的故事吗？"

"没有，我一次也没听你说过。"毛克利小声说。

"你当然没听过了。你知道为什么吗？我这么干净的嘴，怎能谈论那么卑鄙无耻的动物呢？那些可恶的家伙，我们提都不愿意提起。即使碰上他们，也要远远地躲开。他们为了拉拢我们，经常给我们点小恩小惠，比如送点果子什么的，但我们瞧都不瞧一眼。"

伯鲁先生显然对猴子恨之入骨，说话时一直咬牙切齿。

"毛克利，你若不听我的劝告，继续与猴子玩耍的话，一定会染上他们的坏习惯，到那时，狼族将会把你开除出去！"

伯鲁还要说下去，忽然觉得头上不知落了一件什么东西，伸手抓下来一看，是一根小树枝。伯鲁急忙抬头向树上望去，只见树上一群猴子嘻嘻哈哈地笑着、叫着，正从树叶中伸出头偷看他们，刚才的谈话一定也被偷听去了。

黑豹见是一群猴子，冲着棕熊大声说："伯鲁！快点拉住毛克利，防止猴子与他接近，快点！"

"好，我明白，我这就抱住他。"棕熊伯鲁先生说完，将毛克利搂在怀中。

"都怪你不小心，让毛克利与他们玩了一回，你应该承认这个错误吧？"

"是，是！都怪我大意。我做梦也没想到毛克利会与他们混在一块儿。"伯鲁先生的话音刚落，树上又掉下许多枝叶。

黑豹巴希拉怒火中烧，瞪大双眼，龇牙咧嘴地向树上吼道："卑鄙的东西！还敢胡闹！当心我教训你们！"

那些猴子知道黑豹巴希拉的厉害，见他发怒，赶紧悄无声息地躲在茂密的枝叶中。

"这个地方已经被他们污染了，巴希拉，我们快点离开吧！毛克利，从今以后，你千万不要再到这棵大树下面。"说完，黑豹巴希拉与棕熊伯鲁抱着毛克利迅速离开了。

猴子是丛林中最可恶的动物，棕熊伯鲁对他们的评价完全正确。他们与其他走兽不同，很少在地上走动，经常在树上活动，所以平时不与其他动物见面。猴子认为自己头脑聪明、本领高强，想统治整个丛林，便不时地惹是生非，妄想征服其他动物。一旦遇到狼、豹、熊等动物面临灾难，他们就成群结队地跑过去，幸灾乐祸地哈哈大笑；若遇到野牛、大象等身体高大的动物，就从树上扔一些东西下来，吸引别人的注意。

然而，无论他们怎样胡闹，动物们都懒得理会。因此他们气急败坏，大呼小叫，甚至露出红屁股叫喊："来！哪个厉害的敢上来与我们见个高低！"

猴子中间经常产生内部矛盾，这种矛盾如果口头不能解决，就会引起武力冲突，甚至会带来伤亡。他们把死者的尸体抛在显眼的地方，为的是让别人了解他们。实际上这种愚蠢的做法，只能给别的动物增加笑料，从而对他们更加反感。但愚蠢的猴子意识不到这一点。

猴子们有时心血来潮，会大张旗鼓地召开一次会议，制定一些规章制度，选举一位头领。但他们记忆力极差，用不了几天就把选出的头领和制定的规章制度忘得无影无踪。

所以到现在为止，他们仍然没有一位头领，也没有一个制度。但猴子们的自我感觉不错，自认为机智过人，才华出众，处处摆出一副目中无人，不可一世的架势。下午碰巧毛克利同他们玩了一会儿，又收下了他们的果子，猴子们便兴奋异常。当棕熊与黑豹抬头喝骂时，他们还以为是讨好自己呢，更加得意扬扬。

毛克利他们离开后，猴子也兴高采烈地四散开去。猴子们心中根本不考虑以后的事情，只要遇上一件自认为有趣的事情，他们便忘乎所以了。

有只老猴子是个例外，头脑还比较清醒。他对别的猴子们说："我觉得毛克利的相貌与众不同，他的长相与我们猴子十分相似。前些日子，他就引起了我的注意，我开始秘密跟踪他。几天来，经过仔细地观察，我得出一个结论。"

说到这里，那只老猴咳嗽了一声，接下来又说："大家都知道，我们的双手特别灵巧，但毛克利的手更加灵巧，比我们强好几倍。他可以用树枝编成草帽和篮子，还可以编成其他的东西。这就是我得出的结论。"

"我想出一个主意，让毛克利加入我们的队伍，给我们编织一块凉席，你们同意吗？"

那些猴子听了，齐声叫好，都举手赞成。

毛克利当然不可能知道，实际上他出生于一个木匠世家，他的父亲对手工艺非常精通，他天生就继承了这种技术。

　　这几天天气太热，他无师自通，编成了一块凉席。秘密跟踪的老猴子瞧得清楚，马上召集来一群伙伴，大声提议："兄弟们！刚才毛克利熟练地编好一块凉席，谁能想个好办法，让他加入我们的队伍？"

　　猴子们听了，蹲在地上，抓耳挠腮，苦思冥想。但半个钟头过去了，那些愚蠢的家伙也没能想出一个好办法。

　　这时，一只体格健壮的雄猴站出来，他认为自己比别人更加聪明，可以想出一个让毛克利加入的好办法。他正准备开口说话，却又没了主张，只好站在那儿摇头晃脑，左顾右盼，引起了其他猴子的哄堂大笑。可雄猴也不觉得脸红，仍然装模作样地思考着。

　　老猴子见没人开口，又发话了："兄弟们！毛克利本领高强，有能力、有资格做我们的头领，在他的领导下，我们会成为一个团结的整体，内部力量也会大大加强，在不久的将来，就会称霸整个丛林。"

　　"到那时，阿克拉、黑豹巴希拉、棕熊伯鲁，还有其他野兽，统统是我们的臣民。就连瘸虎邪汉，也得乖乖听从指挥。我们是最出色、最伟大的民族！因此，我们要不惜代价、要想尽办法地将毛克利拉拢过来，推举他为头领，带领我们去完成辉煌的事业！"老猴子的这番高谈阔论豪迈有力，说到后来挥舞双爪，情绪激昂，有点煽风点火的样子。

　　猴子们听了老猴的话，心中十分赞成。但为了证明自己高人一等，嘴上齐声反对："毛克利浑身光溜溜的不长一根毛，尽管相貌与我们十分相似，但不属于同一个种族。"

　　"选举首领是一件隆重的大事，我们可不能掉以轻心！"

　　其实，他们的话自相矛盾，却满脸得意。

　　老猴子装出一副认真思索的模样，心中却打定主意要将毛克利吸收过来。群猴继续七嘴八舌地议论着，他们都以为自己的想法高明，在场中乱呼乱叫，一片乌烟瘴气。

老猴开始一言不发，到后来觉得差不多了，就站起身，大声叫道："大家停一下！停一停！根据大家发表的意见，我来做个归纳总结，现在郑重宣布，一定要把毛克利吸收到我们的队伍当中来！"

这一下可是出人意料，猴子并没有像以往一样反对，而是一个个哑口无言。那只刚才还强烈抗议的雄猴，听了老猴子的宣布，马上拼命鼓掌，对他的决定表示赞成。其余的猴子也跟着起哄，口中大叫："好啊！好啊！"

老猴子一看有那么多的同伴响应，越发来劲了，马上摆出一副长官的姿态，挥动手臂，大声说："走吧，我们现在就去，躲开讨厌的棕熊和黑豹，秘密地将毛克利抢回来！"

说完，他又叫过十只身体强壮的猴子，做战前动员："你们都是猴群中的英雄，战斗时要勇往直前、不怕流血、不怕牺牲。棕熊伯鲁和黑豹巴希拉都是凶猛的敌人，但我们不要害怕。要勇敢地闯进敌人的阵地，把毛克利从他们的魔爪下解救出来，让他做我们的首领，帮助我们实现宏伟的目标！走吧，马上出发！"

听了老猴子不伦不类但带有鼓动性的号召，猴子们热血沸腾，雄赳赳气昂昂地出发了。

猴子们边走边搜索，终于在一棵大树下看见了毛克利。猴子们立即心跳加快，脸色大变。

只见毛克利正四仰八叉地躺在一棵参天大树下睡大觉，他的头上渗出了一粒粒细小的汗珠，在阳光的照射下好像一颗颗晶莹的珍珠。

正是中午时分，棕熊伯鲁和黑豹巴希拉躺在一边，嘴里发出响亮的呼噜声，看上去睡得正香。几只昆虫在他们面前飞来飞去，发出"嘤嘤"的叫声，但他们浑然不觉。

即使这样，猴子们慑于熊和豹的威力，也不敢轻举妄动。他们一边躲在远处探头探脑地窥视着，一边在心中抱怨着："哎，要是惹人讨厌的熊和豹不在跟前，那可就省事多了！"

第十章　猴子劫走毛克利

一觉醒来，毛克利竟然失踪了！当棕熊伯鲁和黑豹巴希拉得知是猴子劫走了毛克利，简直都要气疯了！他们会想出什么办法解救毛克利呢？

毛克利也知道犯了错误，不敢违抗他们的命令，静静地坐在地上，回味着棕熊伯鲁和黑豹巴希拉的教诲……

天气燥热不堪。偶尔有一丝夹杂小草和泥土香味的轻风吹过，让人舒服极了。

忽然，毛克利觉得身子轻飘飘的，好像飞了起来。他猛地惊醒，睁眼一看，原来是一群猴子抬着自己在树枝上飞奔。毛克利仰面朝天被猴子抓着，他的面前是蔚蓝的天空，身下是茂密的枝叶，手臂和脸庞被那些晃动的枝叶刮得生疼。

毛克利吓得魂飞魄散，心脏"咚咚"地跳个不停。要不是在丛林中居住了几年，他肯定早被吓晕过去了。他又急又气，放开喉咙大声叫喊："干什么！干什么！快放我下来！快放我下来！"一边喊着，一边拼命扭动着身体。可抬他的是两只年轻力壮、力大无比的雄猴，毛克利根本不可能挣脱开来。

"我被猴子抬走了！巴希拉！快来救我吧！他们把我抬走了！救命呀！"听到毛克利的呼救声，棕熊伯鲁和黑豹巴希拉从睡梦中惊醒过来，他们一跃而起，嘴里发出惊雷般的怒吼。

巴希拉瞪大眼睛，露出凶光，纵身一跃扑到大树上，可没爬到一半，又跌在地上。又肥又胖的棕熊伯鲁龇牙咧嘴，满脸通红，用又厚又大的前掌不停地拍打着大树，树上的枝叶猛烈摇晃，转眼间，就洒落了一地。

猴子们在树上看得真切，一边继续逃跑，一边哈哈大笑："你们瞧瞧，这么厉害的黑豹和棕熊也在仰望我们，一脸尊敬的表情，对我们是多么崇拜啊！哈哈！哈哈！"

猴子们眉飞色舞，心花怒放，在树顶上奔腾跳跃着逃向远处。实际上，不要说豹和熊，就是狼群的首领阿克拉也不会上树，他们怎能追得上敏捷的猴子。两只动物毫无办法，只有在地上暴跳如雷，破口大骂，眼睁睁看着毛克利被劫持而去。

丛林中的树木，至少也有二三十米的高度。由于不计其数的猴子长年累月在上面奔走，树叶已落得一干二净，只留下光秃秃的树枝。与其他动物在地上行走的道路基本相同，这里还设置了一些交通标志。因此，不管到任何地方，猴子们都能清楚地识别出方向，甚至比地上的道路还要方便得多。

两只年轻力壮的雄猴，像表演杂技一样抬着毛克利，接连不断地跃过一棵棵大树，向前奔去。开始的时候，毛克利浑身难受。但他是个喜欢刺激的调皮鬼，觉得在空中这样的前进形式十分有趣，就开始兴奋起来。

他扭头朝地上一看，马上又被吓得脸色惨白。因为他们每落到一棵树上时，就会被树枝高高抛起，再弹向下一棵树顶。抬他的雄猴才不管他是不是害怕，只是没命地逃跑。

有时踩在比较细的树枝上，树枝立即折断，猴子在快要跌下去的时候，迅速地用后爪挂住下一棵树的树枝，然后再荡上去。两只雄猴配合得十分巧妙，就像荡秋千一样，上蹿下跳，左右腾挪，吓得毛克利大气也不敢出。

十多只猴子紧紧跟在身后，一边跳跃，一边叽叽喳喳地乱嚷乱叫。时间一长，毛克利心中的恐惧慢慢消失了。他的脑袋飞快转动起来："这些家伙为什么要抢我？他们要跑到什么地方？我得想条妙计，尽快通知黑豹巴希拉和伯鲁先生，让他们知道我的下落，赶快前来搭救。"

"可是，我该怎么办呢？他们现在一定急疯了，噢，对了，我可以往下扔点东西，黑豹和伯鲁就知道我走过的路线了。"

"但我只有一个人，什么东西也没带。得找个人帮忙，让他给巴希拉或伯鲁捎个信，这样我就可以得救了。"

想到这里，毛克利扭头向下一看，只有光秃秃的树枝，地上什么也没有。是啊，天气这么热，动物们都躲在洞中休息，谁乐意出来晒太阳啊！毛克利失去了信心，两眼直直地看着蔚蓝的天空。

长时间的奔跑，加上对巴希拉和伯鲁的畏惧，猴子们也筋疲力尽了。看到前面有一棵大树，便跳到上面，停下来休息。两只年轻力壮的雄猴不敢大意，仍死死握住毛克利的四肢。

正在这时，远处的天空出现了一只飞翔的小鸟，慢慢地向这棵大树飞来。到了近处，毛克利认出是一只飞鸢。

这只飞鸢名叫智儿，他感到饥饿，出来搜寻食物，在空中看见一群猴子抬着一个动物在树上休息，便飞了过来。毛克利一下子激动起来，他想只要飞鸢愿意为他报信，巴希拉和伯鲁马上就会来搭救自己。

他不露声色，运用伯鲁先生传授的语言和暗号，模仿飞鸢的嗓音高喊："嗨！朋友！我们属于同一个民族，我们拥有同一个祖先，我们身上流着同一种血液，我们是骨肉兄弟啊！"

"吱溜溜——吱溜溜——"

正在空中盘旋的飞鸢听到同伴的暗号，抖动双翅，"扑"地一头扎下来。但他没看到同伴，只见一群猴子劫持着一个小孩，小孩惊恐的眼睛里露出乞求的目光。

飞鸢心中诧异，马上用暗号说了一句："是谁叫我呢？"

他的话声刚落，猴子们又抬着毛克利向前跃去。智儿明白了，其中一定有什么问题。立即展翅赶上，又看见毛克利乞求的眼神。

"嗨！智儿先生！刚才是我叫你。我被这些猴子劫持了，你跟着他们朝前飞，看他们要把我带到什么地方。然后请你给黑豹巴希拉和棕熊伯鲁送个信，告诉他们我藏在哪里！让他们快点来搭救我！拜托你了！"毛克利用暗号高声地请求飞鸢。

智儿振动双翅，紧紧跟上，在空中说："嗨！我听懂你的话了，你怎么称呼？属于哪一个种族？"

"我是狼族的，名叫毛克利！"

飞鸢智儿以前听说过毛克利的名字，只是从没见过他。

从天空向下望去，一望无际的丛林好似一块碧绿色的大地毯。地毯上有几个黑点接连不断地向前跃去，那是猴子们劫持着毛克利没命在奔逃。

飞鸢智儿在天空上一边追，一边自言自语说："这些卑鄙下流的家伙，不知又想耍什么花招，反正没有好事情。他们要把毛克利劫持到什么地方呢？"

"这些猴子们只凭感情用事，不能善始善终，说不定马上就把他放开了。他们的胆子可真不小，居然不怕巴希拉和伯鲁的厉害，等着瞧吧，有你们的好果子吃！"

说到这里，飞鸢智儿又往高升了一截，睁大锐利的双眼，观察好猴子们的逃跑方向。然后他折回身，给巴希拉和伯鲁报信去了。

毛克利被猴子们劫持后，黑豹巴希拉和棕熊伯鲁因不会爬树而无法追赶，眼巴巴地看着猴子们跑得无影无踪，气得在树下大喊大叫，团团转。

巴希拉一肚子怒火无处发泄，埋怨伯鲁说："我不是告诉你了吗？你为什么不提醒毛克利，叫他注意呢？"

"我已经提醒过毛克利了，谁知道这些无耻的猴子胆大包天，居然趁我们睡觉的时候，跑到这儿撒野！"伯鲁垂头丧气地说，"要不，我们快点去追吧！巴希拉！"

说着，伯鲁就要迈步。

"你回来！不要去！要是逼得急了，恐怕那些家伙会将毛克利扔下来。我们得想个有效的对策。"

听巴希拉这样说，伯鲁心中难过，哭着说："这责任在我身上，我真是个笨蛋，睡觉就像死猪似的。毛克利说不定现在已经被他们扔下来了。多么惹人喜爱的孩子呀！这些可恶的猴子，如果毛克利有个三长两短，我与你们势不两立！唉！我为什么这么大意呢？我为什么不加强防范呢？我好后悔啊！"

又肥又胖的棕熊伯鲁捶胸顿足，呼天抢地，那样子既悲伤又好笑。

巴希拉见他哭得伤心，胸中的怒气消了不少，用温和的口气劝说："不要哭了，这也不能全怪你，毛克利十分机灵，或许能对付了那帮坏蛋。"

"即使逃出来，这么大的丛林，他能认识回来的路吗？"

"他已经学会了飞禽走兽的语言和暗号，如果不认识路，可以向别的野兽打听。"

"我怕他一时慌乱，想不起鸟兽的语言和暗号。"

"喂！你是怎么搞的？为什么净说些倒霉的话？"

"我不是希望他倒霉，我是担心啊！唉！毛克利，可爱的孩子……"说着，伯鲁又哭了。

"不要哭了！哭也不起什么作用。再说，你也不怕别人耻笑？"

"我顾不了那么多，我的毛克利呀！"

"你放心吧！毛克利不会受到伤害的。他智力非凡，手脚灵活，具有随机应变的能力，只是那些讨厌的猴子可以在树上逃窜，这个问题不好解决。"巴希拉说完，低下头皱眉沉思。

伯鲁见巴希拉一脸愁相，心中不好受，也去考虑该怎样搭救毛克利。他们俩一句话也不说，只是唉声叹气，各自在心里盘算着。

温厚的棕熊伯鲁知道巴希拉脾气暴躁，向他看了一眼。巴希拉一抬头，伯鲁赶紧收回目光。

时间一分一秒地过去了，天色渐渐暗下来。养好精神的野兽们一个个从洞中钻出来，开始去猎取食物。丛林中又热闹起来。一些昆虫飞来飞去，嗡嗡的叫声传入伯鲁耳中。

一条颜色鲜艳的小蛇，倏地从他们脚下游过，钻入草丛中。

棕熊伯鲁眼睛一亮，拍拍脑门说："哦！我想起来了。哈蒂老先生以前告诉过我，一切野兽都有自己的天敌。蛇就是猴子的天敌。你认识卡阿吗？就是那条大蟒蛇，只要有他出马，猴子们马上狼狈逃窜。无论多么高大的树木，卡阿轻而易举就可以爬上去。猴子们吃尽了苦头，对他怕得要命。我们快去请卡阿，让他帮我们救出毛克利。"

"是这样的吗？让我再想一想。他有那么厉害吗？他与我们关系不很密切，还不一定乐意呢。再说，一看见他那双眼睛，我就浑身起鸡皮疙瘩。"

"他确实厉害。他年龄大了，不勤快，每天吃不饱，所以看上去眼睛有点恐怖。要是答应他，救出毛克利后给他送点礼物，他一定会乐意的。"

"可是，他又馋又懒，听说每次吃完食物，都要歇上好长时间，睡在家中消化呢。如果现在还没睡醒，可如何是好啊！"

"你想的太多了，老是缩头缩尾、瞻前顾后，将会一事无成！"

"我没接触过卡阿，我不敢贸然前去。假如他不答应，那我们就白费心思了。"

"你说的也对，不管怎样，也要让他答应。别人是没办法救出毛克利的。走吧，我们尽量去求他。"

伯鲁抬起前爪，亲热地拍拍巴希拉的脖颈。巴希拉舔舔嘴巴，伸了个懒腰，不情愿地站起身，与伯鲁一块儿请大蟒蛇卡阿去了。

第十一章　猴子的天敌大蟒蛇

　　正所谓一物降一物，猫是老鼠的天敌，而凶狠的大蟒蛇则是猴子的天敌。在棕熊伯鲁和黑豹巴希拉的激将下，大蟒蛇答应帮助他们对付猴子，营救毛克利。但身手灵敏的猴群让他们摸不清毛克利的准确位置，危急时刻，飞鸢智儿带来了好消息……

　　"大蟒蛇卡阿哪儿去了？你们看见没？"

　　"请问一下，你看见大蟒蛇卡阿了没有？他住在哪里？"

　　黑豹巴希拉和棕熊伯鲁在丛林中寻找卡阿，他们遇到动物就打听，但谁也不知道。十多天过去了，连他的影子也没找到。巴希拉和伯鲁心急如焚，寻遍了无数山洞、河流、草丛，苍天不负有心人，终于让他们有所收获。

　　这天晚上，他们终于见到了大蟒蛇卡阿。卡阿的身上是黄色和灰色相间的条纹，还夹着一些红色的小圆点。他正卧在一块青色的大石头上，欣赏夜空中的月亮。

　　半个月前，又到了卡阿的蜕皮时间，他一直待在石洞里，没与外界接触，因此，谁也见不着他的踪影。卡阿刚蜕下的皮悬挂在一棵大树上，像一个迎风招展的圆形口袋。大蟒蛇卡阿慢慢地蠕动着身子，大头高高地昂起，鲜红的舌头吐来吐去，正琢磨着到哪儿找点吃的。

棕熊伯鲁用极低的声音说："卡阿刚好换了新皮，大概需要补充点食物。如果我们答应给他几只绵羊，他一定高兴。可我们不能大意，他刚蜕下旧皮，视力下降，脾气不好，威力不小啊！"

蟒蛇与毒蛇不同，没有毒，但卡阿力大无比，不管什么动物，一沾上他的尾巴，就没命了。

黑豹和棕熊隐藏在一旁的草丛里，屏住呼吸，眼睛死死盯住卡阿。伯鲁先生用蟒蛇的语言发出暗号，热情地向卡阿问候。

蟒蛇的耳朵不灵敏，因此卡阿没听见他的问候。

"你好！卡阿兄弟！你好！"

棕熊伯鲁没办法，只得耐着性子又向卡阿问好。

这一次，大蟒蛇有了反应，飞快地扭过头，眼睛向这边望过来。

"哦！是老朋友啊，伯鲁，你好！哟！巴希拉兄弟也来了，你们俩有什么事啊？我已经好几天没吃饭了，你们带着什么好吃的，快给我一点儿！"大蟒蛇卡阿说完，就笑起来，声音极为刺耳。

"我们没有什么事，只是在丛林中找一些食物，恰巧经过这里，顺便看看你。"伯鲁先生装出无所谓的样子，他熟悉卡阿的脾气，你越求他，他的架子越大。

"那好啊！咱们一起去找食物。"

"哎！行！"

棕熊应了一声，脑子飞快转动，得想个法子，激起卡阿的怒火，让他心甘情愿地去攻击猴群。

"好！咱们现在就出发。你们倒好，什么时候饿了，马上可以吃东西。而我却惨了，即使肚中饥饿，也得等一段时间才能吃食物。"大蟒蛇卡阿饿得快支持不住了，接着说，"这几年我非常窝火，连只猴子都吃不上。许多树木枯朽了，没等爬上去就断成两截，有几次差点儿摔坏。"

"你的体重又增加了吧？"

"我的重量虽然不轻，但以前没有遇到过危险。我的头和尾巴都可以牢牢地卷住树枝，如果有一端树枝折断，我的另一个部位也可以将身体吊在树上。上一次就碰到这种情况，虽然没有掉在地上，却惊动了树上的猴子。他们那个高兴劲呀，别提了，羞得我恨不得找一条地缝钻进去，现在说起来，我还生气呢！"

伯鲁听卡阿大骂猴子，急忙接过话说："嗯！能不生气吗？那些无耻的猴子成天搬弄是非，说长道短。我那天还听到他们说你的坏话呢，真是胆大妄为！"

"他们敢说我的坏话？"卡阿瞪大双眼问。

伯鲁见卡阿眼露凶光，不露声色地接着说："其实也没说什么，老兄你宽宏大量，别跟他们一般见识，那些家伙，谁的坏话也敢说。"

"伯鲁！他们怎么说的，你告诉我！"

"哦！你听听就行了，千万别往心里去。大约二十天前，猴子们说：'大蟒蛇有什么了不起？卡阿上了年纪，已经不行了。再也不像以前那样神气，现在见了公羊头上的角都害怕，只敢欺侮那些温驯的小绵羊。'卡阿兄弟，那些家伙认为你上了年纪，精神不如过去了。"

"嗯？他们竟敢这样说我？"

"唉，别去计较！"

通常，蟒蛇的克制能力比较强，一般不会发脾气，但现在卡阿却生气了。不过他毕竟年龄不小了，修养又深，没过一会儿又平息下来说："那些坏蛋已不在原来的地方居住了。两天前我在那边闲逛，听见他们在树上集会，差点儿把我的耳朵吵聋。"

"其实，我们跑到这儿就是要搜寻那些家伙。"

"搜寻他们？为什么？你们在丛林中的名誉那么好，怎会和那些败类牵扯在一块儿？"

"唉，猴子们劫持走一个人类的孩子，而那个孩子属于狼族，也是我的学生。关于那个孩子的情况，你知道吗？"

"我之前听刺猬乙奇说过一些。那家伙经常捕风捉影，听风便是雨。事情本来只有针尖那么小，他却说得比房子还大。所以我有点不相信。"

"乙奇没有胡说，事实就是那样的。那孩子非常机灵，十分惹人喜爱，我传授他一些丛林礼节，你若不相信，可以问巴希拉。"

"说的没错，那孩子聪明伶俐，我也很疼爱他。"巴希拉附和着说。

"究竟是什么原因？那些讨厌的家伙怎么会劫持这么好的孩子呢？我真想不明白。你们俩如此凶猛，莫非当时不在跟前吗？"

"唉！真丢人！一下子说不清楚，等以后再告诉你吧。目前必须要做的是想办法救出孩子。整个丛林中，除了你，谁也对付不了他们。"

"对！完全正确！他们一听到我的名字，马上胆战心惊、抱头鼠窜。"大蟒蛇一副神气的样子。

"我们这几天可吓坏了，那些坏蛋反复无常，又没头脑，我担心他们哪天不高兴，把孩子从树上扔下来。"

"就是嘛！我们这几天吃不下饭，睡不着觉，成天忧心忡忡啊！"

"我们没有办法，只好请你帮忙。你也是他们的敌人，那些家伙还将你比喻成一条蚯蚓。你就答应了吧，帮我们救出那个可爱的孩子。"

"好家伙，太猖狂了，居然把我比作蚯蚓，不给点颜色瞧瞧，他们还不知道我蟒蛇的本领。"

"卡阿兄弟，这么说，你愿意帮这个忙了？"棕熊伯鲁高兴得用肥胖的身体跳起了舞蹈。

"我愿意帮助你们，可是那些家伙现在躲到什么地方去了？"

"我们不太清楚，大概在西边吧。我还以为你知道他们的去向呢。"

"我也不知道。该怎么办呢？"卡阿说着，陷入沉思之中。

正在他们无计可施的时候，天空中突然传来一个尖利的鸟叫声："吱溜溜——吱溜溜——伯鲁！我在这儿呢！吱溜溜——吱溜溜——伯鲁！"

听见鸟叫，巴希拉、伯鲁和卡阿同时抬头向天空望去，啊！是飞鸢智儿。智儿在天空盘旋几圈，向他们直冲下来。

太阳快要落山了，天边的晚霞一片火红，连智儿的翅膀也被染成了红色，远远望去，光彩夺目，美丽异常。

"嗨！智儿！我们在这儿呢。你来是找我有事吗？"棕熊伯鲁大声问。

"我有急事要告诉你。我碰见了毛克利，他被猴子劫持而去。我追随他们飞了好长时间，他们已经过了那条大河，到达前边的猴子城，不知是长期待在那里，还是歇一会儿就走。毛克利托我给你送信。"

"天一黑，我的眼睛就不管用了。那里有我的朋友蝙蝠满克盯着，所以我才抽开身来通知你们。没有其他事情，我得回去了。再见！巴希拉！再见！伯鲁！你们快点行动，祝你们一切顺利！"

"飞鸢智儿！麻烦你了。谢谢你给我们带来毛克利的消息，我们回去以后给你送些礼物，以表达对你的谢意。"

"你们的好意我心领了，不必送什么礼物。赶快去救人吧！毛克利在危急时候，非常镇静地用暗号联络我，机智勇敢，胆大心细，真是一个好孩子，快去救他吧！"

智儿说完，扇动双翅，转眼间消失得无影无踪。

伯鲁听智儿称赞毛克利临危不乱，心中喜悦，眯起眼睛笑着说："哈哈，毛克利还记着动物的暗号呢！嗨！巴希拉，一般动物让猴子抬到树上，早吓得晕过去了。毛克利却镇定自如，想出联络智儿的办法，给我们搭救他提供了准确线索，这孩子了不起啊！"伯鲁高兴得不知该说什么才好。

"这叫名师出高徒啊，与你的辛勤培养有很大关系啊！我们不要浪费时间了，马上出发吧，卡阿兄弟，麻烦你了，咱们一块儿上路吧！"

"行！我同你们走一遭。"说着，大蟒蛇卡阿伸展开盘卧着的身子。

第十二章　猴子的秘密王国

巴希拉、伯鲁、大蟒蛇卡阿踏上了营救毛克利的道路，然而，势单力薄的他们能够战胜庞大的猴群么？一场恶战即将开始，让我们拭目以待吧！

猴子城坐落在一片荒滩上，很早以前那儿是一个繁华的闹市，几经变迁，现在破乱不堪，一片荒凉，失去了往日的光彩，因此人们称那儿为"荒凉的坟墓"。在荒滩上，草木干枯，沙土成堆，偶尔有几个小池塘，里边只有一些少得可怜的水。一些破旧的石塔高楼东倒西歪，摇摇欲坠，勉强可以居住。

那里经常狂风大作，飞沙走石，天昏地暗，使人感到阴森恐怖，毛骨悚然。除了干旱季节，在其他河流、小溪没水的情况下，会有一些动物到这里的池塘喝水解渴外，平常谁都不愿光临这个地方。

猴子们与其他动物关系恶劣，没人愿意与他们为邻，他们只好独自居住在荒滩上。这样一来，到这儿的野兽更少了。伯鲁、巴希拉和卡阿一次也没来过。

"我估计，咱们以最快的速度，也得走四五个小时。到达猴子城，就是半夜时分了。"巴希拉想了一会儿说。

"太迟了，怎么办呢？"棕熊伯鲁身躯肥大，知道自己跑不快，焦急地说。

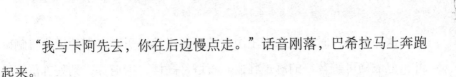

"我与卡阿先去，你在后边慢点走。"话音刚落，巴希拉马上奔跑起来。

大蟒蛇卡阿毫不示弱，蠕动着身子向前游去。时间一分一秒地过去，巴希拉跳过枝藤，奔上山坡，跨过小溪，跃过山沟，向前疾驰而去。大蟒蛇卡阿身体贴着地面，飞快地一伸一缩，走过的野草和沙土，留下一条深深的痕迹。

棕熊伯鲁跟在后面，虽然使出浑身力气，但因身体肥大，没过多长时间就大汗淋漓，气喘如牛，被远远地抛在后面。

"伯鲁追不上了！"

"噢，不要管他，我们快走吧！"

一条宽阔的河流横在面前。黑豹巴希拉的爪子准确地踏着露出水面的大石头，几个腾跃，就上了对岸。大蟒蛇卡阿一头扎进水里，劈波斩浪，好像水中蛟龙，片刻之间，也游到岸边。

巴希拉吃了一惊，随即大声称赞："卡阿兄弟，你在水中的身手不凡，速度不慢啊！"

"还算过得去吧。肚子饿得不行了，我们快点去吧，吃他几只猴子解解馋。这些不知天高地厚的家伙，居然把我比作蚯蚓，待会儿让他们见识见识我的厉害，打他个落花流水。"卡阿全力爬行，别的什么也不管了，只想着填饱肚子，解解嘴馋。

"加快速度！迟了恐怕毛克利要受到伤害。"黑豹巴希拉心想。

天色已黑下来了，丛林中一片漆黑。"腾腾腾""噔噔噔"，黑豹巴希拉和大蟒蛇卡阿仍在没命地赶路。

猴子们劫持毛克利回到自己居住的地方——"荒凉的坟墓"。他们欣喜若狂，拍手称快，早把伯鲁和巴希拉忘到了爪哇国。

毛克利以前从没到过猴子城，睁大眼睛东张西望，感到非常新奇。他自生下来，就生活在茂密的丛林中，这里虽然是一片荒凉，但他从未见过那些破旧的石塔高楼，因此觉得十分神奇。

这片荒滩古时候是印度王国的都城，虽然经历了多年的风吹日晒雨淋，但依稀可辨昔日的辉煌壮丽。石塔、高楼、街道等，到处都留有过去的痕迹。

在黑暗的夜幕下，矗立在荒滩杂草中的古老建筑，给人一种冷飕飕的感觉。说不尽的帝王将相，道不完的沧海桑田，古代印度王国的国王和文武百官们，做梦也不会想到他们的宫殿会成为猴子们的栖身之地吧！如他们地下有知，将会发出何等的感叹呢？

虽然猴子们不明白这些宫殿所代表的文化内涵，但他们却为自己能居住在这里而感到非常骄傲。他们在宫殿的大厅中高谈阔论，嘻嘻哈哈。他们经常为一个简单的问题争得面红耳赤，不可开交，争论的双方意见不合，就会大打出手，头破血流。可过不了多长时间，又和好如初。猴子们这些无意义的争论和打斗的场面，别人看来十分无趣，感到厌恶，而他们却浑然不觉，沾沾自喜，还以为别人羡慕他们呢！

猴子们有的到池塘里玩水，有的在地上疯跑，有的四五个凑在一处，没完没了地争论些莫名其妙的问题……种种做法，不成体统，哪儿有一点儿集体主义精神？

但他们的脑袋里有一个相同的、滑稽的认识：在整个森林中，没有任何一种动物能比上我们。我们身体健壮、品德高尚、本领高强，我们是上帝派来的救世主，别的动物都应该听我们的安排和指挥。

毛克利在公狼和棕熊的熏陶下，虽然天生活泼顽皮，但也懂得为人处世的原则和丛林中的礼节，实在不能适应猴子这种乱七八糟、乌烟瘴气的环境。

由于猴子们一直严密监视着，他逃跑了几次都没有成功。猴子们回到小城后，没日没夜地大吵大闹，跳来跳去。他们跳舞时实在可笑，晃晃脑袋，挠挠耳朵，跺跺脚，踢踢腿，扭扭屁股，摇摇尾巴，既无节奏，也不优美，丑态百出。

老猴子又想显示一下，大声说："朋友们！先停下来，我说几句，毛克利的双手灵巧，可以编织草帽和凉席。今后，就让他教我们，我们的生活水平将进一步提高，可与人类一争高低。所以说，抢回毛克利的意义重大，是我们向人类迈进的一个重要里程碑。"

老猴子滔滔不绝地讲着一些自己也弄不懂的话。其他猴子听了如坠入云雾里，但都假装听得津津有味。

毛克利站在旁边不想听，闲着无事，捡了一些树枝，开始编织。

正在听老猴子讲话的猴子们见了，都捡了一些树枝，围在毛克利身边，向他学习。老猴子一看听众都跑光了，也不生气，躺在一张桌子上睡起大觉来。不大一会儿，就响起了震天响的鼾声。

猴子们学了一会儿，觉得太麻烦了，又四散跑开，继续争论那些毫无意义的问题去了，大厅内马上恢复了刚才的喧闹。

"有没有食物，我肚子饿得不行了，给我吃点吧！"

那些猴子听了毛克利的话，比自己肚子饿还着急，飞快地跑出大厅。不一会儿就带回许多树上的果子，正准备交给毛克利时，有两个家伙吵了起来，后来干脆大打出手。拿水果的猴子把水果一扔，很快也加入到作战中，瞬间乱成了一团。

毛克利大骂："真是神经病！废物！我出去看看有什么食物，不用麻烦你们了。"

毛克利饿得脸色苍白，浑身无力，拖着沉重的双腿，来到马路上，鼓起精神大声说："嗨！朋友们！帮个忙吧！我找不到吃的，已经好几天没吃饭了，让我进去找点吃的吧！喂！给你们添麻烦了！"

毛克利按照丛林中的礼节喊了好长时间，但没有人答应。

"伯鲁先生不是诬赖他们，这些猴子没有礼貌，不懂规矩……饿得不行了，我得想方设法逃出去。"

毛克利高抬腿，轻迈步，悄悄向猴子城外走去。刚要出城时，猴子们察觉到了，追上来将他抓住，又带回宫殿的大厅内。

"整个丛林只有这一座小城，待在这儿舒服啊，你是不是有点不满意？跑到别的地方有什么意思？"猴子们七嘴八舌地将毛克利训了一顿，还七手八脚地揪他的衣服。

毛克利气得咬牙切齿，心知打不过他们，只得忍气吞声。

后来，猴子们把他拉到一座高台上。站在高台，向下一望，只见下面有一个池塘，里面有些水。一个世纪以前，印度的一位公主耗费了大量的人力、物力和财力，在池塘边建起一座豪华的圆形石塔，在里面寻欢作乐。

塔的上部已经面目全非，但在月光的照耀下，隐约可见上面遗留下来的闪闪发亮的珍珠，从而可以想象到当年的辉煌。

猴子们押着毛克利又来到石塔下，围在他身旁，你一言，我一语地说："丛林中的动物谁也比不上我们，我们身体灵活，大脑发达，你与我们在一起可就享福了！"

"棕熊和黑豹又笨又蠢，你与他们在一起不感到羞耻吗？"

猴子们叽叽喳喳，吹捧自己，打算让毛克利心甘情愿加入猴群。

"我们是上天派来的救世主，所以才有资格住在这个美丽的地方，你就加入我们的队伍，和我们住在一块儿吧。"猴子们唾沫四溅，说得天花乱坠，毛克利听了头昏脑涨，急忙捂住耳朵。

猴子们口干舌燥，但仍继续吵吵嚷嚷的。"众所周知，我们是最优秀的种族，其他动物都是乌合之众，根本无法和我们相提并论。毛克利，你知不知道，我们这个种族最团结，势力最大，最了不起，所有的野兽都怕我们，见了我们都得点头哈腰。还有，我们最善于……"

所有的猴子脸不红，心不跳地不停说"我们……最……"，以此来显示各自的才华。毛克利虽然捂住了耳朵，但那些猴子们的声音又尖又亮，仍然有许多废话传进耳朵里。他听得昏昏沉沉，头皮都要炸破了。

猴子们还没尽兴，一句接着一句，还有一个家伙讲得太快了，竟然上气不接下气，口吐白沫，眼珠一瞪，晕了过去。

毛克利心想："这些家伙的舌头还真行，也不觉得累，是不是都被大巴希咬过，患上了那种疯狂病。唉，烦死了，我看他们到底能吵多长时间，晚上总得睡觉吧，我可困了。"

想到这里，毛克利仰起头，叹了一口气。

"嗨！天上的云彩不少啊！再多点，再多点！快把月亮遮住！快把月亮藏起来！"毛克利看到天上的云彩和月光，心中闪过一个念头。要是没有月亮，在夜幕的掩护下，他就有机会逃出猴子的魔掌。

毛克利不知道，这时候黑豹他们已经来了。

黑豹巴希拉和大蟒蛇卡阿马不停蹄，已经赶到猴子城，他们也希望乌云把月亮遮住。此时，他俩正伏在城外的一个小沟中，目不转睛地看着里面，等待最好的攻击时机。

第十三章　猴子城的大决战

大蟒蛇卡阿、黑豹巴拉希潜伏在附近等待攻击。毛克利逃跑时不小心再次被捉住，为救毛克利，黑豹突然发起猛攻，棕熊伯鲁也及时赶来协助。大蟒蛇卡阿的到来更是如虎添翼，让所有的猴子恐慌不已，纷纷逃跑躲避。还等什么，我们赶紧一起围观这一幕幕险象环生的情景吧！

"喂！巴希拉兄弟！你听，好像有谁在说话。"大蟒蛇卡阿小声对巴希拉说。

"没有呀！什么也听不见，可能是你听错了。"巴希拉侧耳听了听，回答说，声音小得像一只蚊子在叫。

"小心点！一只猴子没什么本事，可三个臭皮匠赛过诸葛亮，就怕他们聚集在一起。"卡阿提醒巴希拉，因为他与猴子经常接触，明白他们的底细。

过了一会儿，卡阿又说："巴希拉，我们要提高警惕，城里面的猴子很多，他们十分狡猾。"

"猴子很多？有三百只吗？"

"三百只？最少也有两千多，可不能大意，这是猴子的老窝。"

"啊？两千多？我的天哪！太多了！"

黑豹巴希拉没想到有两千多只猴子，大吃一惊。

卡阿慢慢蠕动身子，爬出小沟，抬起头，仔细观察了一会儿，又游回来，对着巴希拉的耳朵小声说："猴子们正在大喊大叫，现在天太黑了，我没看明白，毛克利可能在他们身边。"

"嗯，卡阿兄弟，咱们准备战斗吧。"巴希拉激动地说。

"好！我从那边爬进去！那边有城墙，难不住我！"卡阿跃跃欲试地说。

"行，我该怎么办呢？伯鲁身体臃肿，太慢了，要是有他，我们还可以多个帮手……算了，现在说也没用。等月亮钻进乌云时，我就闯进去，打他们个落花流水。"

"行！我们兵分两路，只许胜利，不许失败！"

卡阿蠕动身体，迅速游到那边的城墙下，观察完四周地形，在一个小洞中蜷着身子。

正在这时，一片乌云飘过，遮住了明亮的月光，天空顿时暗了下来。毛克利一看机会来了，"腾"地站起身，睁大双眼，东张西望，想从猴子当中找一个缺口。此时不跑，更待何时？

毛克利打定主意，正要寻找机会逃跑时，忽然听见有轻微的响声，他急忙侧耳细听："啊！是轻轻的脚步声，有人来了。"

猴子们仍在叽里咕噜地吵个不可开交，根本听不到这么轻微的响声。可毛克利的听觉特别灵敏，马上就知道是什么发出的声音。

"黑豹的脚步声！黑豹巴希拉来救我啦！"毛克利心跳加快，血往上涌，心中十分激动。

"啊！他们接到了飞鸢的通知，来救我了，我有救了！巴希拉！"毛克利抑制不住心中的感情，忘乎所以，最后一句叫出了声。

猴子们听到他的叫声，急忙跑过来，将他的双手背过来，从身后抓住，用力捏住他的脖子，甚至还有个家伙紧紧抱住了他两条腿。

此时，黑豹巴希拉正以闪电般的速度向这儿靠近。毛克利刚要叫喊，就被捂住了嘴巴，又一次落到猴子的魔掌中。他使出浑身力气，也不能挣脱半分。猴子们如潮水般涌过来，里三层外三层，把他围了个严严实实。黑豹巴希拉低着头，肚皮紧贴着地面，迅速地奔过来。他瞪大豹眼，射出两道冷森森的光芒。

"哎呀！不好！这些家伙要伤害毛克利。"黑豹巴希拉心中大怒。

"唰——唰——"黑豹巴希拉像从天而降的凶神，几步跃到猴子跟前，动作快如闪电。

"哎哟！不好了！快逃吧！"猴子们见黑豹巴希拉来势凶猛，吓得哭爹喊娘，抱头鼠窜。

黑豹巴希拉勇猛无比，上蹿下跳，指东打西，非常厉害。他使出浑身解数，用脚踩，用爪撕，用嘴咬。打了一会儿，猴子们回过神，见只有黑豹巴希拉单独一人，便准备开始还击。

"喂！伙伴们！只有黑豹巴希拉孤身一人，我们不用怕他！"

"大伙儿围上来，消灭黑豹巴希拉！来啊！"

"这家伙好大的胆子！孤身一人也敢来这里行凶，大家齐心协力，不要放过他。"

猴子们又围过来，与黑豹巴希拉展开激战。黑豹巴希拉抖擞精神，奋起神威，施展全身本领，与猴子们打成一团。有五六只凶残的猴子，把毛克利押到石塔顶上，扔了下去。

塔顶很高，离地面大约有五六米。要是一般的人类，别说孩子，就是大人从上面掉下来也会摔个粉身碎骨。可毛克利从小生活在丛林中，经常与小狼们爬山上树，练就了一身本领。就在头顶快要落地时，只见他灵巧的身体猛一扭动，反转过来，双脚稳稳地站在地上。动作干净利索，十分优美，别说摔死，就是连点皮也没擦破。

塔上的猴子们吃了一惊，心中恼怒，从上面伸长脖子，气急败坏地骂："好家伙！我们不会放过你的！我们先去收拾黑豹巴希拉。这里有许多毒蛇，即使我们不动手，你也会被咬死的。"

"毒蛇？这些家伙是吓唬我，我才不相信呢……"毛克利一句话还没说完，就看见——你猜他看见了什么？他真的看见一条毒蛇。

石塔里面有许多古代留下来的宫廷用品，乱七八糟地堆放在一个角落，上面沾满了灰尘。一条又长又粗的眼镜蛇王正卧在那里，他高昂着头，吐着红色的舌头。他看见了毛克利，嘴里"嘶——嘶——嘶"地叫着，向他靠了过来。

毛克利吓得魂飞魄散，急忙奔逃。但一堵墙壁横在面前，他无路可走了。眼镜蛇王的前半截身子"倏"地一下，站了起来，就要扑向毛克利。

毛克利吓得脸色惨白，双腿发软，起了一身鸡皮疙瘩，闭上眼睛想道："坏了！这是命中注定的，猴子没把我摔死，却要被眼镜蛇王咬死！"

毛克利闭上眼睛，等待着死神的来临。可过了一会儿，仍然不见动静，睁开眼睛一看，只见眼镜蛇王摇头晃脑，目露凶光，紧紧地盯着他。在眼镜蛇王的身后，还有许多缠在一起的眼镜蛇。

这是怎么回事呢？原来这些眼镜蛇住在石塔里，不在外边走动，不知道人是什么模样。看见毛克利，感到非常奇怪。

"噢！这是什么动物？身上光溜溜的，一根毛也没有，但不是猴子，假如他要与我们作对，嘿嘿！我一口下去，他就一命呜呼了！"眼镜蛇王一边想，一边瞪大眼睛看着毛克利。身后的那些眼镜蛇们，已作好出击的准备。

站在死亡线上的毛克利急中生智，哆嗦着嘴唇用蛇的语言说出了暗号："嗨！我们是同一个民族！我们拥有同一个祖先！我们身上流着同一种血液！我们是骨肉兄弟啊！"说完他又学起蛇叫，"嘶——嘶——嘶——"

这一招果然见效，眼镜蛇王眼中的凶光消失了，并且友好地问："嗨！你与我们是同一个民族，你与我们是骨肉兄弟。"

说完，眼镜蛇王高昂的头低了下去，红色的舌头也缩回口中。

"你们听我说，他与我们是同一个种族，是我们的骨肉兄弟。他熟悉我们的暗号，肯定错不了。"

身后的眼镜蛇们异口同声地喊道："我们知道了，他是我们的骨肉兄弟。"

毛克利悬着的心总算放了下来，这条命是捡回来了。

"噢！黑豹巴希拉怎样了，他有没有受伤？"毛克利忽然想起了激战中的黑豹巴希拉。想到这里，他心中又是一惊，急忙往外走去。

"嗨！朋友！不能出去！外边正打架呢，小心他们误伤了你。"

盘卧在角落的眼镜蛇王见毛克利要往外走，善意地提醒他。

毛克利点点头，慢慢地走到墙壁的一个缝隙前，伸长脖子，向外边望去。外面的战斗仍在继续，比刚才更加激烈。

黑豹巴希拉被群猴紧紧地围在中间，龇牙咧嘴，瞪大充血的双眼，一边怒吼，一边奋力迎敌。他左冲右突，指东打西，毫无惧色。可是猴子们数量众多，打退一批，又围过一群，时间一长，黑豹巴希拉有点手忙脚乱。

"喂！巴希拉！小心啊！你为什么自己单独来了？伯鲁呢？伯鲁到什么地方去了？"

毛克利看到战场上的形势，非常焦急。

"喂！巴希拉！提起精神！打败他们！巴希拉，那边有一个池塘，你快点跳进去！快点跳进去！"

毛克利站在远处又跳又叫，大声为黑豹巴希拉助威。

"喂！毛克利！你没事吧！"巴希拉听见毛克利为他加油，心中大喜，深吸一口气，抖擞精神，拼命抵挡从四面八方围上来的群猴，一边打，一边向池塘移动。

一会儿，巴希拉来到池塘边，猴子们看出他的想法，展开更加猛烈的进攻。黑豹巴希拉大汗淋漓，冲不出猴子的包围。最后他支持不住，四肢一软，倒在了地上。猴子们一拥而上，密密麻麻地扑在他的身上。

"喂！巴希拉！顶住，顶住！快起来，快起来呀！"毛克利见巴希拉倒在地上，心急如焚，扯开嗓子大喊大叫，恨不得马上过去助他一臂之力。

在这生死存亡的危急关头，猴子城外传来一声震耳欲聋的怒吼："嗨！巴希拉！你坚持一会儿，我在城外，马上就进去了！"

"啊！是伯鲁！是他，伯鲁来了！"毛克利听出伯鲁的声音，高兴得流下两行热泪。

黑豹巴希拉听到伯鲁赶来，猛一咬牙，使出全身力气，大喝一声，把扑在身上的几只猴子远远抛开。但另一些猴子立刻又围过来，黑豹巴希拉苦苦支撑着。

又肥又胖的棕熊伯鲁气喘吁吁地跑过来，立即投入战斗。不计其数的猴子冲过来，把棕熊伯鲁围了个水泄不通，开始进攻。

棕熊伯鲁毫无惧色，沉着应战。两只前爪交替挥舞，猴子们躲避不开，被他一抓一个正着，接着远远扔出。要不就是两爪相交，撞碎猴子的脑袋。

没一顿饭工夫，棕熊伯鲁连扔带撞杀了许多猴子，尸体堆得满地都是。看起来忠厚温顺的棕熊，现在却如此疯狂。他心中痛恨猴子们的下流无耻，劫持了心爱的毛克利，所以毫不留情，招招致命。

"哼哼！可恶的猴子，不怕死的往前，见识见识我的厉害！"

猴子们只顾围攻棕熊伯鲁，黑豹巴希拉的压力顿时减轻，他猛攻几招，打开一个缺口，冲出猴子的包围，"咕咚"一声，跳进池塘里。

"这下就没事了。"毛克利松了一口气，自言自语说，因为他知道猴子不会游泳。

黑豹巴希拉在池塘里伸出头，大口大口地喘着粗气，双眼警惕地望着地面上的战场，禁不住担心着棕熊伯鲁的安危。

"咦！怎么不见卡阿？他说好的兵分两路，同时进攻吗？怎么不见了踪影？是不是临阵逃跑了？"

想到这里，黑豹巴希拉提高嗓门大喊："喂！卡阿兄弟！你在哪里？快点过来吧！"

正在与猴子们激烈搏斗的棕熊伯鲁，听见黑豹巴希拉的呼救，哈哈大笑。

"哈哈！哈哈！巴希拉！怎么了？你胆怯了吗？你不行了？"

伯鲁的话音刚落，一只身体健壮的猴子冲到跟前，伯鲁一伸手将他揪到跟前，"啪啪啪啪"打了他七八个嘴巴，猴子的身子飞快地旋转了几圈，一命呜呼了。

大蟒蛇卡阿并没有因害怕而逃跑，他翻过城墙，蜷缩着身子卧在那里，积蓄体内力气，决心与猴子大干一场。他清晰地听到了伯鲁与猴子的激战声、巴希拉的跳水声和呼救声。

"嗯！好！这回可出了我心中的恶气。"大蟒蛇卡阿心中想道。蟒蛇是冷血动物，一般情况下不易动怒。卡阿年龄大了，修养又深，更显得沉着冷静。

城内打得血肉横飞，城外也乱作一团。

飞鸢智儿的朋友满克，就是帮智儿看护毛克利的那只蝙蝠，在空中一边飞翔，一边通知别的动物："大事不好了！猴子城打起仗了！"

蝙蝠满克的话传到大象哈蒂的耳朵，他迈开像大树一样粗的四条腿，慢慢吞吞从林中走出，仰起头，发出了警报："嘟——嘟——嘟——"

正在睡觉的飞禽走兽一片惊慌，马上跑出窝洞，四处乱逃，整个丛林喧闹起来。居住在城外的猴子听说城内爆发了战争，一个个急得抓耳挠腮，焦躁不安，想到城内帮助同伙。

大蟒蛇卡阿发动了，他使出看家本领，浑身肌肉鼓起，整个身子伸得直直的，像一大截又圆又粗的铁棒，横冲直撞。

蟒蛇卡阿的战术并不复杂，但非常有效，猴子们见了惊恐万分。他"呼"的一声，往前冲去，斗大的蟒蛇头坚硬无比，被他撞上的猴子立马倒下，气绝身亡。

想想吧，十米长的粗铁棒撞在身上是什么滋味呢？卡阿来到棕熊伯鲁身旁，将身子左右一摆，就像秋风扫落叶似的，猴子们纷纷跳到一边。

"大蟒蛇卡阿来了！太厉害了！"猴子们大声惊呼，四下奔逃，恨不得长上六条腿。猴子们一听到"大蟒蛇卡阿"五个字，就面色苍白，心惊肉跳。

大蟒蛇卡阿是猴子的天敌，他经常偷偷地躲到猴子身边，将他们用尾巴甩倒，然后吃进肚里。或者屏住呼吸，假装死去，躺在地上像一根木头，愚蠢的猴子一过来，就被吞进肚中。

猴子们睡觉时梦见卡阿也会吓出一身冷汗，别说活生生的卡阿就在眼前了，他们一个个哆嗦着身子爬到树上，低垂着头，好像缩头的乌龟。

"嗨！卡阿兄弟，你可来了！"

伯鲁从猴子的包围中脱出身来，激动地和卡阿打个招呼。在刚才的激战中，他背上的皮被猴子们抓破了，此时感到一阵阵疼痛。

黑豹巴希拉从池塘跃到岸上，浑身湿淋淋的。

卡阿盘卧在地上，得意地大叫一声："嘶——嘶——嘶——"卡阿的叫声尖厉响亮，在丛林的上空缭绕不绝，深夜听来，令人毛骨悚然。城外的猴子们正要跑来帮忙，听了卡阿的叫声，吓得魂飞魄散，差点儿掉下树来。一个个捂住耳朵，哪儿还敢移动半步。

丛林中静了下来，只有卡阿的叫声在夜空中久久回荡。

大蟒蛇卡阿法力无边，一声大叫，就将猴子们吓得一动不动。

不仅仅是猴子，青蛙、松鼠之类的小动物，只要一见卡阿，就逃不掉了，甚至听到他的名字，也会浑身发抖。卡阿停止尖叫，来到棕熊和黑豹身边。

可能是卡阿的法力消失了，猴子们不再发抖，互相交换眼色，然后逃命去了。此时，他们什么也不顾，相互之间推、拉、挤、撞，丢盔弃甲，溃不成军。不大一会儿，猴子们逃得干干净净，他们有的躲在树上，有的藏进石塔，有的钻入丛林，有的缩在水沟，都探头探脑地窥视着卡阿。

"啊！我们赢了！我们打败了猴子！"

毛克利挥舞着拳头，在石塔里欢呼，从墙壁的缺口伸出脑袋，大叫："嗨！巴希拉！我在这儿呢！嗨！伯鲁！快来救我！我在这儿呢！"

"喂！巴希拉，毛克利在石塔里，你去救他吧！我现在筋疲力尽，走不动了。"伯鲁有气无力地说。

"嗯！我这就去。要是那些猴子再把我们围住，就不好办了。"

黑豹巴希拉纵身一跃，就要向石塔走去。

"慢着！等一会儿再去！那些猴子，没有我的命令，不敢轻举妄动。"卡阿的声音不大，但威严有力。卡阿说完，蠢蠢欲动的猴子们鸦雀无声。

"伯鲁，你怎么样，身上的伤严重不严重？"黑豹巴希拉关切地问。

"不碍事，只是抓破点皮。猴子们也有些本领，尽管我全力以赴，但他们人多势众，确实有些招架不住。"棕熊伯鲁摇摇头，回答他说。

"我被打得毫无还手之力，幸亏及时跳进池塘，否则的话，就性命不保了！这些家伙们，还有点计策。"

"什么计策，这叫以多欺少。哎，你是不是吓坏了，我听见你在池塘里向卡阿求助呢？"伯鲁逗巴希拉说。

"没有啊！我以为他跑到什么地方去了。说实在的，如果没有卡阿，我们还打不败猴子呢，对吧？"黑豹巴希拉红着脸说，又赶紧换了个话题。

"是啊！多亏卡阿兄弟及时赶到。太谢谢你了！"

"嘿嘿！小事一件，不用谢我，去把毛克利救出来吧。"

"喂！快来救我！"毛克利大声地求救。

眼镜蛇王高昂着头，大声说："嗨！这个孩子在这里坐立不安，把我们的小蛇踩得满地乱跑。你们快点过来把他领走吧，我们受不了啦！"

"嘿嘿嘿嘿，知道了，等一会儿，我马上过去！"

卡阿笑着答应，身子一伸一缩，立即游到石塔前面。

"啊！掉在这里可不好办。我想一下，嗯，你们都让开，我来弄个缺口。"

卡阿昂起头，在石塔的墙壁上来回扫了几眼，看见一块石头的颜色与其他石头不同，明白这块石头年代已久，快腐蚀烂了。

"这块石头不结实，就从这儿下手。"

大蟒蛇卡阿确实不同凡响，只见他前半截身子站起来，全身力气聚集在头上，"呼"的一声，向那块石头碰过去。

"轰隆！轰隆！"发出的声音震耳欲聋。

"怎么样？卡阿兄弟，你的头受得了受不了？"棕熊伯鲁一脸关切的神色。大蟒蛇卡阿却没事一样，继续碰过去。

"轰隆！"碰到第六下，大石头经受不起，轰然倒下，扬起一片沙土，石塔的墙上露出一个大豁口。

"嗖"的一声，毛克利从缺口钻出来，跑到黑豹巴希拉和棕熊伯鲁跟前，搂住他们的头，流下了激动的眼泪。

"啊！毛克利，太好了！太好了！"棕熊伯鲁哽咽着说。

"哦！孩子，他们把你怎么样了？你没事吧？"黑豹巴希拉红着眼圈问。

"我没事。让你们受苦了，都怪我，你们的伤很严重啊！"

"这点伤算不了什么，只是抓破了皮，那些猴子们可倒霉了。"黑豹巴希拉晃晃脑袋，眼睛扫着横七竖八的猴子尸体说。

"吓死我们了，只要你没受损伤，就是天大的喜事！"棕熊伯鲁和黑豹巴希拉抚摸着毛克利的身子，幸福的泪珠滚落而下。

"毛克利，全凭卡阿的帮助，我们才能救你出来，他是你的救命恩人，快点感谢感谢。"

毛克利一转身，只见大蟒蛇卡阿用好奇的目光看着自己。

"你就是毛克利？除了身上没长毛，其他都与猴子十分相似，我刚蜕了老皮，视力不好，你离我远一点儿，不然我会把你当作猴子吃掉。特别是晚上，更得注意。对了，以后见了我，一定要说出暗号。"

"嗯，我知道了，你是我的救命恩人，请受我一拜。卡阿，从此以后，只要我有了好吃的，就给你送去，我会永远记住你的大恩大德。"

"毛克利，小兄弟！不用那么客气。"

过了一会儿，大蟒蛇卡阿又问他："你的身体才这么大，没有武器，用什么办法猎取食物呢？"

"我的身上没长尖牙利爪，不能将动物杀死。我却能把他们赶到你的周围呀，以后你想吃东西的时候，就与我说一下，看看我的能力怎么样。"毛克利微笑着，蛮有把握地说。

"另外，我有一双灵巧的手。如果你遇到其他困难，我也可以尽力帮你。包括棕熊伯鲁和黑豹巴希拉，有什么问题我都帮你们处理，谁让你们对我这么好呢。"

"嗯，了不起，这孩子有一颗善良的心。"棕熊伯鲁夸赞毛克利。

"别看身体不大，挺懂规矩的，好啊！"黑豹巴希拉微笑着说。

大蟒蛇卡阿也爱上了这孩子，用头在他的背上蹭来蹭去。

"嗯，不错！机智勇敢，又懂礼节，长大以后一定有出息。哎，咱们只顾说话，忘了吃东西。巴希拉！伯鲁！你们领毛克利回去吧，让他吃点好的，歇息歇息。"

"噢，知道了。卡阿兄弟，麻烦你了，谢谢你为我们出了这么大力气，以后如有什么困难就说一声，我们会尽力帮你。"

"好了！好了！我们是朋友，不用说这些客气话了。我得马上干一些事情，你们快点领毛克利走吧，再见了！"

"再见！卡阿！"大蟒蛇卡阿说完那些神秘的话，脸上露出古怪的笑容，他双眼一动不动，望着棕熊伯鲁、黑豹巴希拉和毛克利。

第十四章　大蟒蛇的超级舞蹈

大蟒蛇卡阿的笑容，似乎比蒙娜丽莎的微笑还要更加神秘，笑容背后到底隐藏了什么？他的一支舞蹈，为何会令无数猴子神魂颠倒，竟然主动走到他嘴边让他吃掉自己？救出了毛克利本是件高兴的事，但为什么他们重重惩罚了毛克利？而为什么毛克利依然心怀感激？

月影西移，夜空沉静，微风吹过，使人感到一丝凉意。

猴子城内，数不胜数的猴子们吓得脸色苍白，心惊胆战，一个个躲在黑暗的角落里不敢露面。

棕熊伯鲁由于激战，觉得口干舌燥，到池塘去饮水解渴。黑豹巴希拉站在一边等候，一边用舌头舔舔凌乱的皮毛。

大蟒蛇卡阿从石塔前游出来，又粗又长的身子在月光的照射下闪闪发光。他将身子一圈一圈盘成一团，前半截直直地立起来，双眼射出两束可怕的光芒，向四周望去。

躲在角落里的猴子们更加害怕，浑身发抖，紧紧地挤在一起。

月亮慢慢地隐藏在小山后面，大地一片灰暗。整个猴子城好像虚幻中的环境，大蟒蛇卡阿、角落里的猴子们、古老的建筑物朦朦胧胧地显示出轮廓。在虚幻的情景中，大蟒蛇卡阿怪叫起来："嘶——嘶——嘶——"

这怪叫声是在向猴子发问："月亮落下了，瞧得清楚吗？"

猴子们一声不吭。

"嗨！为何不回答？没听见我的话吗？"大蟒蛇卡阿轻蔑地望着猴子们。

"嗯！瞧得清楚，瞧得清楚。"猴子们回答，声音小得几乎听不见。

"嗯！你们仔细欣赏，我开始表演了。我跳的这种舞有个名字，叫做'吃猴舞'！"

大蟒蛇卡阿尽管是逗他们玩的，但猴子们听了十分恐惧。为了让大蟒蛇开心，他们想说点好听的话，但嘴唇不听使唤，哆嗦得说不出来，心中惴惴不安，觉得要大祸临头。

大蟒蛇卡阿开始了表演。只见他摇头晃脑，蠕动身子在空地上游了两周，又回到原来的地方。然后以闪电般的速度扭动身体，做出各种奇怪的形状，先是小圆、大圆、三角形、正方形、五角形……最后又一圈一圈盘起来，高昂着头，张开血盆大口，鲜红的舌头吐在外面。

"嘶——嘶——嘶——"大蟒蛇卡阿发出凄厉的叫声。

随后，大蟒蛇卡阿又将盘曲的身体一圈一圈松开，开始飞快地旋转，好像一条彩色的绸带，越转越快，越转越快……

树上和塔顶的猴子们看得头晕目眩，有一种呕吐的感觉，急忙紧闭双眼。

夜色一团漆黑，什么也看不见，只听见大蟒蛇卡阿"唰唰"地旋转着身体。过了一会儿，大蟒蛇卡阿停止了表演，棕熊伯鲁和黑豹巴希拉看得目瞪口呆，如同立在广场上的两座雕像。

毛克利也定在地上，一动不动。

大约一顿饭的工夫，大蟒蛇卡阿用阴沉的声音说："猴子们！没有我的命令，你们敢轻举妄动吗？快说！"

卡阿的话阴森恐怖，却又不可违抗，猴子们听了失魂落魄，牙齿咯咯作响，说不出话来。过了好长时间，一只胆大的猴子硬着头皮回答：

"不⋯⋯不敢！没你的吩咐，我们一步也不敢离开。"

"嗯，这还差不多。听我的话，往前走，走到我跟前。"

躲在暗处的猴子们都钻出来，向前走去。棕熊伯鲁和黑豹巴希拉也向前迈了一步。他们都像被一只无形的手牵着，不由自主地朝前走。

"继续往前走！"大蟒蛇卡阿的声音沉闷有力。猴子们虽然不情愿，他们知道往前走一步，就是向死神靠近一步，但控制不住自己的身体，老老实实地向卡阿靠近。

大蟒蛇卡阿的确法力无边，不管多么凶猛的动物，只要进入他的视线，就挣脱不开，眼睁睁地成为他的一顿美餐。

大蟒蛇卡阿猛地把头高高昂起，猴子们加快了靠近的速度，嘴里发出不寒而栗的叫声，听起来十分刺耳。大蟒蛇卡阿张开嘴巴，吃下了最先走过来的猴子，发出一阵得意扬扬的笑声。

棕熊伯鲁与黑豹巴希拉昏昏沉沉地往前走去，好像中了邪一样。毛克利心想不好，伸出双手，迅速抓住他们的尾巴，使劲一揪。黑豹巴希拉和棕熊伯鲁猛地清醒过来，吓出一身冷汗。

"哎呀！怎么回事，不由自主地往前走，真厉害呀！要不是你把我揪住，现在就跑进卡阿的肚子里去了。"黑豹巴希拉回过神来说。

"有什么大惊小怪的？只是身体旋转速度非常快罢了，我看也没什么了不起的。"毛克利说。

"还说没什么，这就够吓人的了。"

棕熊伯鲁与黑豹巴希拉的感受差不多。

"嗯，这样的话，我们赶紧离开吧。"毛克利说着，双手分别推着伯鲁和巴希拉转身离去。

身后不住传来猴子们绝望的叫声和卡阿满意的笑声。

毛克利领着伯鲁和巴希拉，穿过猴子城，走向丛林深处。他们来到一个山坡上，棕熊伯鲁回头望着猴子城，吐了口气说："嗯！真没想到，大蟒蛇卡阿居然有这么大的法力！"

"可不是吗？看见他的表演，脑子就出现一片空白，没法控制自己的四肢。以后可得小心些。"黑豹巴希拉惊魂未定。

"你说的没错。大蟒蛇卡阿的法力大得很，要不是毛克利及时提醒我们，恐怕性命难保了！我认为在太阳出来之前，至少有五十多只猴子要被他吃掉。"

黑豹巴希拉和棕熊伯鲁互相望着对方，同时点了点头。

"你们是怎么了？我已经说过了，卡阿没有什么法力，只不过是身体转动的速度太快。"

毛克利没有受到迷惑，头脑一直保持清醒，对他们的大惊小怪感到不可思议。

"正因为他身体旋转得非常快，才产生了不可低估的力量，把其他动物的神志控制住，然后变成他的腹中之物。"棕熊伯鲁还在回忆刚才的情景。

过了一会儿，他用疑惑的目光打量着毛克利问："咦！我倒忘了，你好像没事一样，你有什么反应？你刚才没觉得有一只无形的手拉你吗？"

"什么无形的手？我一点儿感觉也没有。"

"嗯，到底是怎么回事呢？"

"伯鲁，我想是这样的，毛克利不是野兽，大蟒蛇卡阿的法力对人类不起作用。"巴希拉沉思了一会儿说。

"你们说得太玄乎了吧，我认为没什么了不起的。"毛克利神气地说，"大蟒蛇卡阿的表演不伦不类，像是得了疯狂病，我觉得十分可笑，嘻嘻……嘻嘻……"

黑豹巴希拉沉下脸大声说："毛克利，不要笑！没有卡阿的帮助，我们能把你救出来吗？我和伯鲁为了你，差点儿送命，你看看，这满身鲜血，明天怎么去找食物？你居然还在那里耻笑卡阿！"

毛克利听巴希拉骂得有道理，不由满脸通红。

　　"行了，巴希拉，不要说了。不管怎么说，总算把毛克利救出来了。"忠厚的棕熊伯鲁，见黑豹巴希拉脾气来了，赶快劝解他。

　　"嗯，救是救出来了，可别人拼死拼活，他不感激报答，却说一些不中听的话，让人多寒心啊！"

　　黑豹巴希拉继续阴沉着脸说："毛克利！你听好了，我和伯鲁受伤、费力的事暂且不提，为了将你救出来，我和伯鲁不得不厚着脸皮去请卡阿帮忙，这是我一生中最大的耻辱。本来，在丛林中我的威望不低，狼群也对我高看一眼。为了你，刚才还差点儿被卡阿吞进肚里，要是让其他动物知道了，我的脸面往哪儿搁呢？所有这些，归根结底都是你的错，谁让你与猴子们一块儿玩耍呢？"

　　"嗯，我知道了，全怪我不好。"毛克利羞愧难当，红着脸小声说，"我以后再也不跟他们玩了，原谅我吧！"

　　"哦！原谅你？伯鲁，你说，按照以前的惯例，应该怎样处罚他呢？"

　　听黑豹巴希拉要处罚毛克利，棕熊伯鲁有点着急了。他心中十分喜爱毛克利，把他当成自己的孩子，虽然毛克利犯了错误，也不忍心处罚他。

　　"噢！根据丛林中的规矩，是应该处理他。可毛克利年纪这么小，又讨人喜爱，自己也承认错误，就饶他一次吧，以后如果还犯错误，再一块儿处理吧。"棕熊伯鲁知道黑豹巴希拉的脾气暴躁，小声劝说。

　　"我明白他是个可爱的孩子，我心中也很疼他，但丛林中的规矩是严格的，不能因为爱他就饶恕他。"巴希拉继续说，"毛克利调皮捣蛋，不分是非，私自跑去与猴子玩耍，给别的动物添了许多麻烦，已经违反了丛林中的规矩，伯鲁，你说他应受到什么样的惩罚？"

　　"在头上……在头上打……打六个巴掌。"

　　棕熊伯鲁断断续续地说，声音小得几乎听不见。

　　"对，就应该打六个巴掌。毛克利，你愿意接受处罚吗？"

"我愿意接受，你们为了救我出生入死，责任全部在我身上，你们按照丛林中的规矩处罚吧。"

"那好吧！把头伸过来！"黑豹巴希拉大声说。

棕熊伯鲁不忍看毛克利挨打，扭过头，眼睛望着远方。

毛克利毫无惧色，勇敢地伸长了脖子。黑豹巴希拉用慈爱的目光看了他一眼，缓缓地举起前爪，在毛克利的头上重重地拍了六下。他对毛克利虽然充满慈爱，但处罚时毫不手软，那是严父般的处罚。

毛克利站在地上，每一掌下来都钻心的疼。但他咬紧牙关，身子站得直直的，心甘情愿地接受处罚。他知道自己犯的错误不可饶恕，心中难受，挨完打也许会舒服一些。

可毛克利毕竟年纪太小，头上感到剧烈的疼痛，眼睛噙满了泪水。他知道"男子汉流血不流泪"，使劲合上眼皮，泪水终于没有落下来。

宽厚仁慈的棕熊伯鲁看在眼里，疼在心上，禁不住眼圈红了。

"嗯！毛克利受到应有的处罚，我们没有违反丛林中的规矩，我心中没什么遗憾了。"黑豹巴希拉板着面孔说。然后，他将身子趴在地上，对毛克利说："来吧，骑上来，我驮着你走吧！"

毛克利非常感动，他知道黑豹巴希拉心中十分疼爱他，刚才的惩罚是为了让他牢记教训。毛克利心中暗想：以后离猴子远远的。

毛克利骑在黑豹巴希拉的背上，软绵绵的非常舒服。此时已到深夜，毛克利浑身无力，头上又被巴希拉打了六下，脑袋昏昏沉沉的，不知不觉睡着了。

前边有一条小沟，巴希拉轻轻一跳，骑在背上的毛克利惊醒了，睁开蒙眬的双眼看了一下，又搂住巴希拉的脖子睡过去。

"孩子累了，睡得好香啊！"棕熊伯鲁爱怜地看着毛克利说。

"毛克利这孩子，的确讨人喜爱。"搏斗中的黑豹巴希拉是那样凶猛，现在却像一位慈祥的家长，回过头看着熟睡的毛克利。

毛克利皮肤又嫩又白，红嘟嘟的嘴角流出一小点口水，在星光的照射下，越发好看。巴希拉和伯鲁感到欣喜，都露出满意的笑容。

两个野兽驮着毛克利来到一座山冈。巴希拉刚一迈步，毛克利就仰面往后倒去，身后的伯鲁眼疾手快，闪电般跳过去，伸手扶住。

棕熊伯鲁看上去又肥又胖，紧要关头却十分敏捷。

雄伟的西奥尼山，茂密的丛林，夜空中星光闪闪，一个孩子，两只野兽，好一幅美丽而幸福的图画啊！

他们来到狼洞前，伯鲁将毛克利慢慢托起，轻柔地抱进洞里。

毛克利仍在甜美的梦乡中，头上渗出一层细小的汗珠。

"快来看哪！毛克利回来了！"

"噢——毛克利回来了！"

四只小狼欢天喜地，又蹦又跳跑过来。

"他睡着了，你们不要吵，小声点。"母狼急忙吩咐小狼。她走到跟前，用慈爱的目光打量着毛克利。

公狼听说毛克利回来了，也从里边钻出来。看见黑豹巴希拉和棕熊伯鲁也来了，急忙过去，问长问短。

毛克利却像婴儿一样，睡得正香呢！

第十五章　水边的和平

森林里发生了百年难遇的旱灾，可怜的动物们只有在缺水的条件下艰苦生活。干旱让唯一的水源变得异常重要，但象征着古老规矩的"和平石"出现，让聚集在水源边的动物可以保持相对和平。但是，凶狠的肉食动物们真的会乖乖遵守规矩么？

西奥尼山景色如画，茂密的丛林风景依旧。毛克利领着四只狼兄弟，正在柔软的草地上散步。此时，毛克利心潮澎湃，思绪万千，几年来的往事，在脑海中一幕幕展现出来。毛克利热爱丛林，遵守丛林中的规矩，更喜欢丛林中遵守规矩的所有伙伴。

那年冬季，丛林中遇到了百年罕见的旱灾。方圆好几十里没见过一滴雨。刺猬乙奇找到正在玩耍的毛克利，愁眉苦脸地说："毛克利，不好了！田野中的山芋坚硬无比，啃都啃不动。"

毛克利清楚刺猬乙奇吃东西挑肥拣瘦，不合口味的东西一点儿都不吃，听他这么说，没往心里去，呵呵一笑，说："山芋坚硬不坚硬，与我有什么关系啊！"

"嗯？谁说与你没关系，还笑呢，到时让你吃点苦头，恐怕哭都来不及了。"

刺猬乙奇看见毛克利满脚都是污泥，生气地说："近几天没去洗澡吧？为什么不去卫茵郡嘉河洗一洗呢？"

"嗯！天太旱，那儿的水快晒干了。如果不小心，河里的石头会碰破脑袋。"

"嘿嘿嘿！碰破脑袋好呀！可以往里面多放点知识，是吧？"

刚说完，乙奇把头缩回去，圆圆的身体外面都是钢针一样的小刺，毛克利虽然想打他一下，但没法下手。毛克利正准备想个办法对付，乙奇又钻出脑袋，嘿嘿地笑……

毛克利把这件事情与伯鲁说了，棕熊伯鲁用严肃的口吻说："如果我单独一人，就好办多了！随便找个地方就可以找到食物，带上你就不方便了，我怕与其他动物动手时伤着你。唉，别管它了，以后再说吧！"

第二年春天，天气仍然十分干旱，不见一滴雨。树上的叶子从绿变黄，从黄变枯。一片片绿色的草原，看上去就像一片荒滩。

大河、小溪也听不见哗哗的流水声，河水早被晒干了，河床上留下许多动物的爪印。空气燥热难当，地面烫得几乎不能走路。

猴子和鸟类动物预料到要发生旱灾，都移到北方去住了。野猪、野牛、梅花鹿去庄稼地寻找食物，可庄稼都旱死了，村里的农民热得没精神捕捉他们。动物们都活活饿死了，尸体堆得横七竖八。

飞鸢智儿可幸福了，不用到处去找食物，动物的尸体到处都是。别的野兽一个个叫苦连天，他却膘肥体壮，精力旺盛，一到傍晚，就劝说其他动物："朋友们，还待在这里干什么？搬到别的地方去住吧！嗯？走不动了？那没办法，等着死吧！太阳多热啊，方圆百里的庄稼全被晒干了。"

可是，智儿磨破了嘴皮，野兽们也不听他的劝告，仍然住在丛林中。

"毛克利，得想个办法啊！丛林中的动物，怕是支持不住了。"

黑豹躺在一棵大树下，有气无力地说。

"这几天，一到晚上我就四处活动，找到的食物比以前还多，但吃进肚里不起作用，身体反而更消瘦了，更重要的是几天不喝一口水，渴得要命。"

"我也是。每天只喝一次水，还是在做梦的时候。"毛克利的嘴唇上都是小水泡。

"唉！伙伴们都渴得不行了，看来没水的日子更难过啊！"

"卫茵郡嘉河的水量不断减少，几乎要晒干了。"

"哦！要是卫茵郡嘉河的水晒干了，我们就活不成了，那是我们的命根子啊！"

毛克利正在与黑豹巴希拉谈论着，忽然听到"呜—— 呜—— 呜——"的警报声。

"噢！大象哈蒂发出讯号了！"

"嗯，听声音好像在卫茵郡嘉河边，召集大家开会呢！"

黑豹巴希拉"嗖"的一声，向前跃去，虽然渴得要命，仍然非常迅捷。毛克利也不落后，紧紧追在他的身后。

丛林中的动物听到大象哈蒂的讯号，接二连三地赶往河边。

大象哈蒂站在河岸上，仍然发声报讯。丛林中，他和大蟒蛇是两位前辈，他今年已两百多岁，大家对他既敬又怕。

"喂！伙伴们，你们过来，往前一点儿，瞧瞧这块石头。"

哈蒂用鼻子指着河底的一块大石头说。动物们凑过去一看，一块巨大的绿色石块露出水面。哈蒂接着说道："这块绿色的石头，名叫'和平石'，这个名字是以前传下来的，你们可能不太熟悉。丛林中有一个规矩，如果遇上旱灾，石头露出水面时，我们必须实行'水边停战'。伯鲁对这个规矩应该十分清楚，对吧？"

棕熊伯鲁热得不想开口，把头点了几下。

"'水边停战'是什么意思？"

"我们不知道啊！"

动物们交头接耳，吵闹起来。哈蒂望了动物们一眼，大声说："这个规矩，是我父亲那一辈人定下来的。'水边停战'就是说，无论任何动物到这里喝水，都不许发生战争，凶猛的肉食动物绝对不能欺侮弱小的动物。如有不从者，依丛林规矩，斩首示众。"

"啊！这是为什么？为什么这样规定呢？"狼群中一些年龄小的提出疑问。

"卫茵郡嘉河是大自然的产物，是我们所有动物的共同财产，它不属于某个人或某个种族。我们大家都有权利到这里喝水。因此，在河边不许动用武力。"

"嗯，河边不许动用武力，那在其他地方也不能吗？"

"能！怎么不能？要不能动武，肉食动物怎么活呢？"

"嗯，这还差不多。"

狼群听了哈蒂的话，慢慢平息下来。

弱小的草食动物们眉开眼笑，欢呼雀跃。

大象哈蒂解释完"水边停战"的规矩，梅花鹿、野猪和野牛迅速地传达给同族的伙伴。飞鸢智儿在空中边飞边叫，把这个消息通知给所有的飞禽走兽。

从此以后，所有的动物都到卫茵郡嘉河的和平石旁饮水解渴。大蟒蛇卡阿也经常卧在石头上休息。

每天黄昏的时候，卡阿、伯鲁、巴希拉和毛克利都要在河边坐一会儿，说说话。

毛克利的仇人瘸虎邪汉也经常来解渴，却没有吃掉毛克利的想法。一来他不敢违背"水边停战"的规矩，二来毛克利的身上没有一块肥肉，他没胃口。

第十六章　鬼天气

没有任何降雨，天气更加炎热干旱。动物们守着最后的水源存活，大家都有点心浮气躁。为了生存，他们会不会为了争夺水源而战呢？

由于水分供应不足，毛克利的皮肤失去往日的弹性和光泽。他瘦得只剩下皮包骨头了，由于长期没水洗澡，浑身上下沾满污垢。但他的两只大眼睛仍然炯炯有神，显示出人类的灵性和智慧。

遇到旱灾以来，黑豹巴希拉一遇见毛克利，就满脸严肃地说："毛克利，忍着点儿，不要焦急，焦急容易上火，生了病就麻烦了。干旱不会持续太长时间，不可能永远不下雨，再等几天吧！"

听了巴希拉的告诫，毛克利整个旱季都心平气和。

这天傍晚，毛克利独自一人来到山坡，躺在地上，枕着胳膊，仰望天空，一轮明月刚刚升起。毛克利合上眼皮，脑子里盘算着今后的日子怎么过。忽然有人推了他一下。毛克利吓了一跳，翻身起来，黑豹巴希拉站在面前。"噢！是你，巴希拉，刚来？"

"嗯，你躺在地上干什么？"

"我休息一会儿。"

"唉，天气太热了，要是可能的话，真想脱掉这身皮。"黑豹巴希拉的皮毛不再发光，好像一片枯草，变成"灰"豹了。

"巴希拉，这鬼天气什么时候才下雨啊？"

"没有一点儿预兆，我看近期内下不了，但也不会等多久的。毛克利，你吃过饭了没有？"

"吃过了，都是乱七八糟的食物，肚子仍然很饿。"

"那怎么行啊？哎，对了，昨天夜里，我杀了一头耕牛，险些失手。那牛拴在草棚里，要是没拴的话，也许我就丢尽脸面了。"

毛克利看了他一眼，开玩笑说："咱俩差不多，都是勇敢的猎人，你杀耕牛，我打小虫子。"

"不要说笑了，咱们到河边转一转，看看那儿是什么情况。来吧，我驮着你。"

"不用了，我自己走吧。你瘦得自己都快走不动了。"

"那头耕牛比我还瘦呢，除了骨头就是皮。"

毛克利与巴希拉慢慢地来到卫茵郡嘉河边。和平石露出水面的部分更大了。

"河中的水比前几天又少了，我看过几天就一滴也没有了。"

"有什么办法？这是上天的安排呀！你看看，这么多野兽都到这儿解渴，河水不干才怪呢。"

许多梅花鹿、野猪、山羊都向河边跑来。大象哈蒂率领三头小象，威风凛凛地站在河里，眼睛警惕地环视着四周，随时准备镇压违反规矩的不法狂徒。

在河中饮水的动物自动分为两类：一类是温和的草食动物，如鹿、猪、羊等；另一类是凶猛的肉食动物，如虎、狼、豹等。

温驯的动物一边饮水，一边小心谨慎地盯着凶猛的动物，提防他们突然袭击。凶猛的动物虽然想扑过去，但由于哈蒂父子严密监视，都不敢轻举妄动。

"哎呀！和平石边的秩序还挺稳定嘛！"

"哈蒂自称是'和平保护神'，他的鼻子威力无比，谁敢撒野？"毛克利与黑豹说着走进河里。

"动物真不少啊！"

黑豹巴希拉站在河里，盯着草食动物说："要没有水边停战的规矩约束，我们就可以美餐一顿了。"

巴希拉的话声不高，但仍然传进了鹿的耳朵，那些鹿们立即吓得哆哆嗦嗦，慌作一团。

"现在是和平时期啊！"

"要遵守水边停战的规矩！"

"这河水是大家的共同财产，我们有权利享受呀！"

鹿群中的惊呼声接连不断，此起彼伏。

哈蒂看到这种情形，伸直鼻子，高声叫道："巴希拉，说话注意点，不要造成恶劣影响……你们不要害怕，静一静……有我在这儿呢，谁也不敢捣乱。"说着，用眼睛恶狠狠地瞪着巴希拉。

"请原谅，我不是故意的。"

黑豹巴希拉坦诚地向哈蒂赔个礼，自我解嘲地说："这几天我用青蛙和虫子填肚子，过几天只能靠树叶和枯草维持生命了！"

"噢！那样就更好了！"一头刚满周岁的小鹿调皮地说。刚才还惊恐万分的鹿们听了，禁不住哄堂大笑。大象哈蒂也跟着放声大笑。

正在河中玩耍的毛克利，笑得弯下了腰。

"哼！小东西！水边停战的规定失效时，非取你的命！"黑豹巴希拉闻言大怒，哇哇乱叫，两道锐利的目光向鹿群射去，但说话的鹿混进群里，找不出来。

所有的动物都不作声，河边陷入沉静之中。

"嗨！打扰了，大家让一下。"一头野猪一边说着客气话，一边钻进来，"太热了，请给我身上洒点水吧！"

毛克利、大象哈蒂、棕熊伯鲁、黑豹巴希拉，还有其他的草食动物和肉食动物们你一言，我一语，埋怨着干旱的鬼天气，他们心中焦急地期待着老天大发慈悲，早日下一场大雨。

第十七章　瘸虎邪汉又来闹事

干旱的天灾已将动物们折磨得元气大伤。瘸虎邪汉来到水边嚣张无比，并告诉动物们他刚刚吃了人，向人类挑衅，想要激起人类对动物界的仇恨和矛盾，给动物界再一次带来灾难。难道就没有谁能镇住邪汉吗？

就在这时候，河边的树丛中传来一声响亮的吼叫："啊——哇！啊——哇！"

"瘸虎邪汉来了！瘸虎邪汉来了！"

"哎呀！不好了！老虎来了，快跑吧！"

温驯的草食动物们一听是瘸虎的声音，马上慌作一团，他们都明白邪汉的阴险毒辣。

瘸虎邪汉见草食动物们吓得浑身发抖，更加目中无人，大摇大摆地从树丛中走出来，"咕咚"一声跳入河里，双眼恶狠狠地盯着毛克利说："没本事的小虫子，只会吹牛，与猴子差不多，快点上树去摘果子吧，跑到河里来捣什么乱？嗨！毛克利，小青蛙，你敢看我吗？"

毛克利根本没把他放在眼里，睁大眼睛，目光一刻也不离开邪汉的头。

毛克利像尖刀一样的目光，看得邪汉心中发虚，急忙低下头，装模作样地喝了一口水，说："哼，贼溜溜的眼睛！"

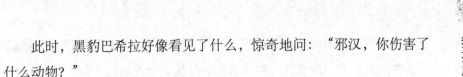

此时，黑豹巴希拉好像看见了什么，惊奇地问："邪汉，你伤害了什么动物？"

黑豹看见瘸虎邪汉的嘴角有许多血迹。

"你在哪儿干的？是不是在河边？吃的是什么动物？"

"我明白水边停战的规矩，才不会在这儿动手呢。上午，我在前边的村子里吃了一个人。"

"啊！瘸虎邪汉吃人了！邪汉吃人了！"听了邪汉的话，动物们都吓得惊慌失措，失声惊叫。

丛林中有一条规矩，所有动物都不得伤害人类。以前曾发生过伤害人类的事，人们马上聚集起来，手持铁叉、木棍、梭枪，把丛林团团围住，大举进攻。丛林立即变成了屠宰场，一天之间，尸体满山遍野，地上血流成河。从那时起动物们就定下这个规矩。瘸虎邪汉竟敢违反规矩，随意杀人，因此，动物们都有一种大难临头的感觉。

干旱的天灾已将他们折磨得元气大伤，再加上邪汉带来的人祸，只有死路一条了。动物们一个个恨得咬牙切齿，但畏惧邪汉的厉害，敢怒不敢言，用期待的目光望着大象哈蒂，希望他主持公道。

可大象哈蒂好像一点儿事也没有，站在那里一声不吭。他性格稳重，毫不急躁，对每件事情，都三思而后行。

现在，瘸虎邪汉吃人的事实还不十分清楚，因此他不愿过早下结论，就此处罚他。

正是因为这种性格上的稳重老练，哈蒂才活了两百多岁。

"邪汉，你为什么这时候伤害人类呢？大家都热得身体虚弱，人们报复的时候，跑都跑不快。就算饿了，你可以找点其他食物呀。"

黑豹巴希拉抑制不住心中的怒火，大声喝骂邪汉。

邪汉并不买账，满不在乎地说："我肚子并不饿，只觉得吃人挺有意思。"

邪汉胆大包天，竟敢无视丛林中的规矩，而随意伤人。他居心不良，当人们报复的时候，他就躲在暗处幸灾乐祸。这种可耻的行为激起了动物们的公愤。指责声、叫骂声此起彼伏，一浪高过一浪。

大象哈蒂照样不急不躁，用威严的目光盯着邪汉。

"嘿嘿，挺有意思的，杀人挺有趣，人类是我们的敌人啊！"瘸虎邪汉不思悔改，得意扬扬地说。看别的动物不说话，他继续不可一世地说："我刚才吃完人，想喝点水，脸上的血迹也得洗掉。给我躲开，不要挡路，如果不服气，就过来较量较量！"

黑豹巴希拉见邪汉目中无人，横行霸道，立刻睁大眼睛，皮毛倒竖，作好迎战的准备。

站在一旁的棕熊伯鲁摩拳擦掌，跃跃欲试。卧在石头上的大蟒蛇卡阿，抬起头来，轻蔑地说："瘸虎邪汉耀武扬威，别的动物一见他装腔作势，就吓得六神无主。"

"我才不怕他呢，我觉得他只会咋咋呼呼，是个没用的东西。"棕熊伯鲁紧张的表情被卡阿看见了，觉得不好意思，红着脸说。

大象哈蒂心中有了主意，稳步走到邪汉跟前，一字一句地说："邪汉，你觉得杀人挺有意思，是吧？"

"杀人就是有意思。而且，我想怎么干就怎么干，别人无权干涉。"邪汉嘴上挺凶，却有点心虚。他心中明白，别看大象哈蒂表面上慢慢吞吞，要惹怒了它，谁也不是他的对手。

"哦！你说别人无权干涉，是吗？"大象哈蒂不动声色地问。

"是，我有这个自由，这一点你是清楚的。"

"嗯，我清楚，我不否认。你喝完了吗？"

"喝完了，有什么事吗？"瘸虎邪汉舔舔嘴巴说。

"滚！滚得远远的。"大象哈蒂的声音好像天上的闷雷，听了有一种不可抗拒的力量。

"河中的水是大家的命根子，决不许受到任何污染。"

"怎么？你说我把水弄脏了？"

"是，现在遇上百年罕见的灾害，动物们挣扎在死亡线上，只好执行水边停战的制度。你却不为大家的整体利益考虑，违背丛林中的规矩，专门制造事端，随意伤人。到现在仍然执迷不悟，目空一切，自高自大，充分体现出你心胸狭窄的品质。"

"因此，不能让你这无恶不作的败类玷污了河水的清白。"大象哈蒂说完，紧接着抬起鼻子，指着瘸虎大喊一声，"滚！滚得远远的！"

河里的三只小象摆好架势，虎视眈眈地盯着邪汉。

瘸虎邪汉虽然心中恼火，但在大象哈蒂面前不敢逞凶，只好夹着尾巴，灰溜溜地钻入树林中。

"哈哈！在大象哈蒂面前，邪汉好像一只老鼠！"

棕熊伯鲁高兴得跳起又肥又胖的身子，拍手大笑。

"邪汉太无能了，没骨气的东西！"大蟒蛇卡阿并不称颂哈蒂，不以为然地说，然后又卧在石头上休息去了。

第十八章　远古的传说

瘸虎邪汉吃了人，可是别人却无权干涉？所有动物心里都升起了疑团。于是乎，大象哈蒂讲了一个关于森林里动物的祖先和人类的关系。让我们一起聆听这个远古的传说吧！

"瘸虎邪汉吃了人，却说别人无权干涉，到底为什么？"毛克利疑惑地问黑豹巴希拉。

"哎，巴希拉，动物们都认为伤害软弱无力的人类是一件不光彩的事，可哈蒂却不处罚他，是什么原因？"

"我也不明白。这家伙欺人太甚，如果不是哈蒂让他滚，我非得与他一较高低……吃了人后，不以为耻，反以为荣，而且夸夸其谈，把河水都弄脏了。刚才没给他点苦头尝尝，太便宜他了。"

黑豹巴希拉越想越窝火。

"我也想解解痒呢。"棕熊伯鲁说完，举起前爪晃了几晃。

毛克利抬起头，问大象哈蒂："哈蒂老先生，邪汉伤害人类，凭什么不让别人干涉？"

别的野兽们也想解开心中的谜团，齐声问道："哈蒂，告诉我们吧，究竟是什么缘故？"

大象哈蒂用眼睛扫了一下四周的动物，咳嗽一声，缓慢地说："好吧，你们站好，我来告诉你们。众所周知，人的身上没有锋利的牙齿，也没有尖硬爪子，是一种软弱无能的动物。但我们为什么对人这么畏惧呢？就是因为人类是一种高级动物，头脑非常发达，具有想象不到的神奇本领。下面这个故事与人有着密切的联系。"

讲到这里，大象哈蒂喝了一口水，又接着讲："那是非常古老的时候，动物们发现了这片丛林，在这里居住下来。动物们都互敬互爱，平等共事，过着美满的生活。那时候风调雨顺，树木茂盛，整个丛林简直就是动物的理想王国。那些动物，也就是我们的祖宗，除了个别的吃树皮，大部分都以植物为食物，没有争权夺利，没有勾心斗角，自由自在、无忧无虑地生活着。

"那时，丛林中的最高统治者是我们大象的祖宗，名叫'达阿'。他用象牙在地上耕出许多大河小溪，又用鼻子堆起许多山冈土坡，丛林就成了现在这个样子。动物们丰衣足食，不与外界接触，对人类一点儿也不了解。没过多长时间，丛林中的植物被吃得所剩无几，动物们为了抢夺食物争吵不休。

"达阿日理万机，分不开身，委托一位比较出众的老虎，协助处理动物之间的矛盾，并宣布他为动物的首领。那只老虎，就是瘸虎邪汉的祖宗，与别的动物没什么区别，也以植物为食。那只老虎皮毛金黄，不像现在的虎，他身上没有黑色条纹，性格温驯，与其他动物关系融洽。

"在一个漆黑的夜晚，两只山羊发生了矛盾，他们互不相让，各说各有理，谁也说服不了对方，就让老虎去评判。老虎百般劝解，但谁也不作让步，一怒之下，老虎咬死了其中的一只。在那之前，丛林中从未出现过任何流血事件，老虎看到自己制造的惨案，吓得无神无主，躲到遥远的北方去了。

"丛林中没有了首领，动物们更加放肆，武力战争成了家常便饭，丛林中的局面变得混乱不堪。达阿听到这种情况，马上回来视察。看到乱纷纷的场面，他有点不高兴，又看见鲜血淋漓的山羊的尸体，他更加怒不可遏。仔细询问，但动物们谁也不承认是自己干的，又不说出谁是真正的凶手。

　　"没办法，只有另选一位首领，才能控制住混乱的局势。达阿告诉动物们：'我们将重新选举一位首领，来协调丛林中各个动物的关系，谁认为自己有这个管理能力，就站出来。'一只灰色的猴子从群中钻出来，说他愿意当首领。灰色猴子就是现在猴子的前辈，他一点儿真实本领也没有，只会自高自大，咋咋呼呼，因此达阿不同意。

　　"后来经不住灰色猴子的软磨硬泡，达阿勉强答应了，并且还要观察他一个阶段，看他是否能约束住其他的动物。灰色猴子高兴得爬上一棵大树，得意扬扬地说：'从现在开始，我就是丛林中的首领，你们一切行动都得听我指挥，我聪明伶俐，本领高强。'

　　"动物们一声不吭，低着头嘲笑他，可灰色猴子正沉浸在喜悦之中，一点儿也没觉察出大家对他的不满，仍在树上发号施令。

　　"过了一顿饭工夫，灰色猴子就忘了自己是首领，连自己上树的原因也想不起来。以为是为了给大家表演才爬上树。于是他在树上来回跳跃，翻跟头，用尾巴挂住树枝来回晃悠。树下的动物们看见猴子的表演，禁不住哄堂大笑，他们有的拍手，有的跺脚，还有的吹口哨，使出全身本领来嘲笑伟大的猴子首领。

　　"猴子以为别人称赞他，越发觉得自己了不起，在树上的表演更加卖力了。我们的前辈达阿接到通报，开始不相信，回来一看，灰色猴子正在树上表演，树下的动物吵吵嚷嚷，打打闹闹，简直不成体统。达阿气得暴跳如雷，大声喝骂：'停下来！停下来！你们不感到羞耻吗？目无组织，目无纪律，秩序混乱，这是丛林中的羞耻啊！'

　　"听了达阿的训斥，动物们都红着脸低下头，默不作声，愚蠢的灰猴还不知道达阿为什么发怒，仍在树上抓耳挠腮，摇头晃脑。

　　"达阿接着又说：'老虎当首领时，制造了一起凶案，灰猴当首领又引起混乱，你们知道是什么原因吗？就是你们头脑中没有规矩这个概念。要想过上幸福美满的生活，你们必须按规矩办事。这次我推荐一位

首领，来监督大家，他就是恐怖。恐怖长什么模样，住在哪里，我暂时保密，要你们去把他找出来。'

"从那天起，动物们起早贪黑，四处搜寻，去找恐怖。一天下午，六七头野牛喘着粗气跑回来，说他们找到了恐怖，别的动物都不相信，野牛就领着大家来到很远的一个山洞。动物们小心翼翼地藏在树丛中一看，只见洞口站着一个浑身光溜溜的动物，模样非常可怕。那动物也发现了他们，发出一声尖厉的叫声。动物们都吓得心惊肉跳，一个个抱头鼠窜。晚上，动物们不敢单独活动，出来进去都和同伴们在一起。

"喜欢搬弄口舌的飞鸢马上飞到老虎藏身的地方，向他详细报告了这一情况。老虎听后，勃然大怒，当场口出狂言：'知道了，我马上去取他的性命！'

"老虎气势汹汹地出发了，一路上杂草丛生，荆棘密布，老虎被划得鲜血淋漓。从那以后，老虎身上就留下了一道道疤痕，皮毛也变成一道道黑色，所以现在的老虎身上都有黑色条纹。

"老虎来到洞口，被那个恐怖的光溜溜的家伙大吼一声：'你身上长着黑色条纹，是什么东西？敢来这儿捣乱？'

"还没动手，老虎就被那吼声吓得浑身发软，不住地发抖，赶紧转身，又跑回原来藏身的地方。老虎回去以后，越想越窝火，为了发泄心中的怒气，仰天长啸，声音洪亮，传出很远，震得树叶都掉下一大片。

"达阿听到老虎的啸声，循声过来问他：'你为什么长啸，有什么惹你生气的事吗？'

"老虎长出了一口气回答说：'达阿，我真想不明白，我为什么这样胆小？听那个光身子的家伙一吼，我就吓得双腿发软，没命地跑回来。我现在想想都感到羞耻，恨不得找条地缝钻进去。达阿，还让我当丛林中的首领吧，我会好好干的。那家伙耻笑我身上长着黑色条纹，要是不好好教训他一顿，我活在世上还有什么意思呢？'

"达阿问老虎：'咦！你身上的黑色条纹是怎么回事？是不是染上

了脏物？要不你在草丛里滚一滚，然后用水洗一洗，我看就没有了。'

"'嗯，这个主意不错。'老虎说完，就滚到草丛中，不停地翻动身体，但黑色条纹仍然沾在身上。老虎心中发火，不由得加快翻滚的速度，到后来越滚越快，好像一个巨大的陀螺，但黑色条纹仍然清晰地留在身上。

"这时候，达阿发出一阵冷笑。老虎停止滚动，愁眉苦脸地向达阿请教：'达阿，这是为什么？我滚了这么长时间，为什么脏物还在身上，难受死了，老天为什么对我如此不公平？'

"我们大象的祖宗停下冷笑，告诉他：'以前丛林中的动物都非常友好，相互之间没什么意见。可自从你残忍地咬死山羊后，大家都提心吊胆，惶惶不可终日。你身上的条纹永远不会掉下来，这是上天对你的惩罚。以前你性格善良，大家都与你亲近，现在他们预料不到你什么时候会发脾气，所以不可能继续让你当首领。'

"老虎听了达阿的话，发疯般地大叫：'不可能，不可能。大家不可能疏远我，他们相信我。'

"达阿见他不相信，就说：'那好吧，你去了丛林就知道了。'

"老虎又回到丛林中，提高嗓门大声吆喝各种动物的名字。但动物们都吓得浑身发抖，躲在暗处不敢出来。老虎看到这种情景，知道大家都讨厌他，伤心得抱头痛哭，一边哭，一边说：'唉，我本是丛林中的首领，为大家排忧解难，大家看得起，都与我十分要好。可现在，我成了离群的孤雁，他们都不喜欢我了。他们不仅痛恨我，而且痛恨我的后代。达阿，我该怎么办呢？你帮我出个主意吧！'

'达阿见老虎哭得伤心，有些可怜，便安慰他说：'这样吧，在一年的时间内，你只能作一天首领，就在你咬死山羊的那天。这一天里。动物们仍像从前那样与你亲热。那个浑身光溜溜的东西叫作人，到了那天晚上，你不必怕他，倒是他要惧怕你呢。可是有一条你必须遵守，在你当首领的那一天不许发怒，好好地对待大家。'

"老虎听了，欣喜若狂，十分爽快地答应了。一天上午，老虎正在一条小溪里玩耍，在水中看见自己身上的黑色条纹，又想起人对他的羞辱，但因为向达阿下过保证，所以没有发作。到了当首领的那天，他鬼鬼祟祟地来到人住的地方，正好一个人走了出来。老虎一声怒吼，把人吓晕，过去将他咬得血肉模糊。正在这时，达阿从天而降，来到老虎身边，同样大吼一声。"

说到这里，大象哈蒂伸长鼻子，指向天空。顷刻之间，西奥尼山的上空滚过一片乌黑的云彩，不一会儿，电闪雷鸣，震撼着大地。

"我想，大象的先辈达阿，定是天上的神仙。"棕熊伯鲁若有所思地说。

哈蒂看了他一眼，继续讲下去："老虎看见达阿来到跟前，不由惊恐万分，可过了一会儿，没见动静，他又摆出不可一世的架势，恶狠狠地说：'我做了一件大好事，恐怖被我铲除了，恐怖一死，丛林中就平安无事了，我是为大家谋利益的英雄。'

"达阿一字一句地对他说：'笨蛋，蠢猪，你想得倒美，你算什么英雄？你知道吗？人类马上就会疯狂地报复，不仅是你，所有动物都要跟着遭殃。丛林不但不会太平无事，为了对付人类的疯狂报复，恐怕今后丛林中永无宁日了。'

"老虎不相信，一脸满不在乎的表情，说：'不可能，我一声怒吼就将人吓得瘫软在地，别人哪儿有胆量前来复仇。丛林中的恐怖将从此消失，我是维护正义的英雄，大家一定会把我当作首领看待。'

"'你不相信，我也没办法。我敢肯定，没有谁愿意拥护你当首领。还有，你得提高警惕，人们会使用一切手段来捕获你，他们绝不会心慈手软放过你。'

"老虎听了，心中惊恐，但假装不害怕的样子说：'你不是说过，每年我当首领的那一天，人是畏惧我的吗？'

"'嗯，没错，但除了这一天，人就不怕你了，你可要注意啊！'

"老虎仍然存在侥幸心理，说：'对了，我已经把人吞进肚里去

了，还有什么好怕的？'

"'蠢猪，你以为世界上只有一个人吗？人多着呢，不计其数啊！'

"这时，太阳从东方冉冉升起，天边霞光万道，新的一天已经来临。从洞中出来的人看见同伴的尸体，急忙返回洞里，手持一根标枪，跑了出来。对准老虎一扔，刺入他的肚子，老虎疼得哇哇大叫，四处乱窜。

"后来，标枪碰在一块石头上，但枪尖却留在肚子里。老虎疼痛难忍，发出凄厉恐怖的叫声。其他动物们惊得目瞪口呆，几乎瘫倒。他们这才知道人类智慧无穷，威力无比。恐怖笼罩着整个丛林。

"从那时起，动物与人类结下怨仇，人们开始使用各种手段，大肆捕杀动物。但是，到了老虎当首领那天，人们就不厉害了，老虎及他的后代们在这一天可以大发虎威，随便咬人。丛林中的所有动物都提心吊胆，日日夜夜加强戒备，以防受到伤害。从此，丛林中就开始了恐怖。"

大象哈蒂的故事讲完了，动物们的思绪从往事回到现实中来。

毛克利静静地坐在河岸上，低头沉思，忽然，他抬起头问棕熊伯鲁："伯鲁，哈蒂的故事中，我有个地方没弄明白。"

"哦！你说吧，哪个地方弄不明白？"

"老虎的先辈以前是草食动物，尽管他伤害了山羊和人，但没有把他们吞进肚里，我想问一下，什么时候老虎变成了肉食动物？"

棕熊伯鲁听了，心中欢喜，微笑着说："孩子，你的脑袋实在机灵，别的野兽与你没法相比。由于老虎身上的黑色条纹永久存在，他觉得是一种耻辱，成天愤愤不平，心中难受，看到眼前的植物，感到恶心，咽不下去。后来肚子饿得支持不住，只好吃野兽的肉了。从那时起，他们就成为肉食动物。"

"喂，伯鲁，你对往事挺熟悉嘛，为什么不讲给我听呢？"

"嘿嘿，毛克利，丛林中的故事多如牛毛，数不胜数。如果你想听，以后有时间，我慢慢地告诉你。"

棕熊伯鲁一边说，一边将水淋在毛克利的身上，看上去好开心哟！

第十九章　毛克利的与众不同

毛克利逐渐长大了，他心里存在谜团——为何自己外貌和其他狼有所区别？在艰苦的训练下，毛克利的人类特征逐渐显示出来，这让其他狼心里感到畏惧。

不知不觉中，毛克利已在丛林中度过十一个春秋。毛克利出生以来就与狼群为伴，因此身体比一般人的孩子健壮。

十一年中，毛克利经历的事情太多太多，酸甜苦辣，不胜枚举。

毛克利从小按照狼的方式生活，因此不懂人类的语言，对人类的生活习惯和处世原则一窍不通。起先，他不知道自己的身世，以为自己也是一只小狼，处在狼群中，并不感到别扭。慢慢地，他的心中产生了一个谜——自己的身躯和相貌为什么与众不同呢？

"噢，我知道了，我是蛙类动物，因为我名叫毛克利……不可能！我从小与狼一起生活，肯定属于狼族。"毛克利以狼的语言对自己说。近来，他经常独自一人，胡思乱想。

公狼和母狼把他当作亲生儿子，百般疼爱，常常提醒他和四只小狼外出活动时要处处留神："要仔细留神丛林中的各种响动，可不能粗心大意，因为每一种响动代表一种信号，如不提高警惕，可能带来意想不到的后果。"

毛克利与四只小狼把公狼和母狼的告诫，深深地印在脑海中。随着毛克利一天天成长，四只小狼兄弟也成了大狼。毛克利仍然由棕熊伯鲁传授丛林规矩和其他本领。放学后，毛克利一个人在丛林里找点吃的，困了就躺一会儿，直到太阳落山，才回到"家"中。

毛克利肚子饥饿时，就上树吃点蜂蜜，听棕熊伯鲁说，蜂蜜的营养价值很高。黑豹巴希拉爬树的本领除了比不上猴子，比其他动物都强，甚至可以睡在树枝上。因此，他负责指导毛克利学习爬树。经过艰苦的跌、滚、爬，毛克利爬树的技术与猴子不相上下，甚至超过巴希拉。

狼族每月举行的隆重集会，毛克利从不缺席。有一回，毛克利在会场中低头沉思，抬头时无意间迎住另一只狼的目光，狼好像有点恐惧，急忙低下头去。毛克利有点摸不着头脑。

"他为什么看见我的目光，有点害怕呢？"带着这个疑问，他又试着去看别的狼。咦！真有点邪门，他的目光一扫，狼就赶紧移开视线。毛克利感到骄傲：别的狼对我心存惧意。

他是人类的孩子，虽然从小与狼为伴，过着狼的生活，但与生俱来的气魄却不可能消失，正因为他的目光中包含着人类伟大而神奇的力量，其他狼才有点儿心慌。

有个别脾气暴躁的狼，不甘心，想与他比试比试，但一迎住他摄人心魄的目光，就心底发虚。自然而然的，毛克利在狼群中树立了很高的威信。就连狼族的首领阿克拉，也对毛克利刮目相看。

日久天长的奔跑跳跃，营养丰富的肉类野果，大自然的空气阳光，在这种环境下生活的毛克利肌肉发达、体形优美，再加上长发飘飘，双目有神，浑身上下充满激情和朝气，好一个英俊挺拔的人类少年。

长时间的兽类生活，没有磨灭他人类的慈善和灵气。每当同伴受到伤害或遇到其他困难，毛克利总是倾尽全力，给予帮助。

西奥尼山下面有一片宽广的平原，居住着许多人类，毛克利一看到进进出出的人们就自言自语："嗯！我和他们长得一模一样！"

他这样说，并不是向往人类的居住环境和生活方式。恰恰相反，他对人类怀着敌视的心理，他经常听伯鲁和公狼提醒他：人类是所有动物的可怕敌人。

有一件事情，令他终生难忘：毛克利和黑豹巴希拉到山下的村子去寻找食物，他们正悄悄地向村子靠近，突然"啪"的一声，从地上钻出一个奇特的东西，差点儿碰在脚上。

"这个东西就是捕兽夹，是人类对付我们的武器，特别锋利。"巴希拉惊魂未定，告诉毛克利说。

毛克利仔细一看，夹子上面布满了又尖又长的铁钉，吓得他面无血色，不寒而栗，从此，对人类恨之入骨。这一来，他们捕食的兴致一扫而光，垂头丧气地转身回去。

黑豹巴希拉捕获食物的本领高强，像野兔、野猪之类的动物，一般都逃不过他的眼睛和利爪。一到傍晚，就给毛克利带回许多新鲜兽肉。毛克利经常跟在巴希拉的身边，不久就学会了捕猎技术，即使手无寸铁，他也可以逮住野兔和小鹿，甚至可以擒住比他身体还大的野兽。

可是他从不猎取人类的家畜，因为丛林中有一条禁止捕杀家畜的规定。另外，他也不去伤害野牛，因为巴希拉不止一次地对他说过："毛克利，你刚学会走路时，跟随公狼出席集会，狼们不承认你的身份，要将你咬死，后来我与棕熊伯鲁替你担保，并把一野牛送给狼们，才保住你的性命。因此，野牛对你有救命之恩，你不能恩将仇报，伤害野牛啊！"

毛克利将巴希拉的教诲牢牢记在心中。他生性活泼，但非常正直，从不违反丛林中的规矩。

第二十章　瘸虎邪汉耍花招

瘸虎邪汉对毛克利贼心不死，等待时机吃掉毛克利。黑豹巴希拉一直劝说毛克利小心行事，并告诉了毛克利一个秘密。究竟是什么秘密呢？

母狼拉克夏看见毛克利出落得体格健壮，且又善良勇敢，心中好不喜欢，她经常告诫毛克利："毛克利，你不要轻视瘸虎邪汉，那个坏蛋仍然贼心不死，经常打你的主意。在你小的时候，邪汉就对你垂涎三尺，有一回来到这儿，威胁我们交出你，被你父亲骂了个狗血喷头。临走时，邪汉留下话说不会放过我们。那家伙看上去没事似的，实际上一直怀恨在心，等待时机要吃掉你。再过几年，你年龄大了，一定要想个办法处理他。"

毛克利听完后当时有点胆怯，但两三天后就忘得一干二净，他毕竟还是个贪玩的孩子。有时碰见瘸虎邪汉，也不小心提防。但邪汉也没下毒手，他脑中大概考虑着该如何将他利索地干掉。瘸虎邪汉见阿克拉年老力衰，精神大不如从前，便想出一条毒计。

邪汉来到狼群，装出友好的样子，说："嗨！我们一起去捕食吧，你们可以吃最新鲜的肉。"

一些年纪小的狼毫无心机，爽快地答应了。邪汉确实有些本领，好几十只狼合力对付不了的野兽，邪汉轻而易举就捕获了。狼们也可分一些他吃剩的东西。年纪小的那些狼对邪汉十分佩服，都乐意与他一起去捕食。

以前，狼群首领阿克拉经常告诫大家："我们是一个团结、正义的种族，我们应该自食其力，捕获食物不要依靠外部力量。如果碰到庞大的凶猛动物，我们就齐心协力，群起而攻之。吃别人剩下的东西，是一种羞耻，整个狼族都脸上无光，如果发现这种情况，一定要严肃处理，决不轻饶。"

瘸虎邪汉知道阿克拉始终坚持这种观点，觉得现在时机成熟，便鼓动狼们说："阿克拉已到垂暮之年，你们一个个生龙活虎，机智勇敢，他没能力继续作首领了。还有，那个不长毛的小家伙，手无缚鸡之力，你们凭什么怕他呢？"

邪汉的鼓动发生了很大作用，年轻的狼们听了，一个个摩拳擦掌，跃跃欲试。黑豹巴希拉机警过人，一眼就看了邪汉的鬼把戏。他找到毛克利，用关切的语气说："毛克利，你可不能大意，瘸虎邪汉要置你于死地！"

毛克利听了，满不在乎地说："邪汉有什么了不起？狼族里这么多好朋友，你和棕熊伯鲁不离左右，邪汉就算有天大的本事，能把我怎么样？"

"噢！你说得不错。可是这几天邪汉经常鼓动一些狼反对你。那些狼年幼无知，很容易受骗。你还是小心谨慎为好。"

"嗯，我知道了，你不用担心。"

毛克利年轻气盛，没把瘸虎邪汉放在眼里。可黑豹巴希拉却提心吊胆，念念不忘。

又过了几天，毛克利正在草丛中玩耍，黑豹巴希拉慌慌张张地跑过来，拉住他的手说："毛克利，我从刺猬乙奇口中得到一个消息，说瘸虎邪汉要采取行动了！"

"巴希拉，乙奇的话你也相信？那家伙成天游手好闲，哪儿有一句真话？"

"喂，不许在背后议论别人的短处，这是丛林中的规矩，难道你忘了吗？毛克利，已经与你说过好几回了，对瘸虎邪汉千万不能掉以轻心，邪汉马上就要采取行动，别的动物都知道了，大巴希没向你提起过？"

一提到大巴希，毛克利就反感起来："大巴希又懒又馋，喜欢搬弄是非，我最烦他。前几天对我说：'你不是野兽，应当回到人类中去。'我听了非常生气，狠狠地把他教训了一顿。"

"毛克利，你不应该教训他，大巴希虽然不是好东西，但对你说的话是有道理的，况且也是为你考虑，应该让他讲下去，听听他的看法。还有，年幼无知的狼们被瘸虎邪汉哄得晕头转向，准备把你从狼群中驱逐出去，由于阿克拉仍然统治着他们，因此不敢轻举妄动。阿克拉越来越老，用不了多长时间，就会被狼群赶下台，另选一只年富力强的狼作首领。狼族的统治大权如果落在旁人手中，你和阿克拉的后果不堪设想啊！"

"我不知道自己的真正身世，但我从小与狼为伴，与他们建立了深厚的感情。我舍不得离开抚养我的父母和亲如骨肉的四只狼兄弟，我要永远和他们生活在一起。"毛克利说着，两行热泪顺着脸颊滚落下来。

"尽管我身世不明，但心中一直把自己当作一只狼。我熟悉丛林中的各种礼节，喜欢狼的生活习惯，与其他的狼关系也很密切，什么人类，我才懒得理会呢。"

黑豹巴希拉用疑惑的目光打量着毛克利，觉得他的观点不可思议。然后，他扬起脖子，对毛克利说："毛克利，你看我的脖子上有什么东西？"

毛克利伸出双手，在巴希拉的脖子上摸了起来。

"咦！这是什么东西，为什么这样硬？"毛克利摸到他脖子上有一圈特别坚硬的东西，惊奇地问。

巴希拉叹了一口气，缓缓地说："这个秘密在我心中保存了好长时间，今天告诉你吧。我是在人类中长大的，我妈妈生活在吴芝波尔王宫里，被人们喂养着，因此，我对人类有一种特殊的感情。你刚学会走路时，跟随公狼去参加集会，我一见你，就回忆起往事……当时，狼们不承认你的身份，准备吃掉你，我和伯鲁出面担保，用一头野牛为代价，将你从死亡的边缘拉回来。"

　　"我小的时候，被关在铁笼中，吃着人们送来的食物，根本不知道外面有高山、丛林和广阔的天地，只是安于现状，得过且过。后来，不知什么原因，我妈妈忽然去世，留下我孤身一人。那天夜里，我躺在地上翻来覆去睡不着，独自一人胡思乱想，脑海中忽然闪过一个念头，我意识到自己不是人，是黑豹，名叫巴希拉，应该回归大自然，不能一辈子充当人的玩物。"

　　"我骨子里的野性一发不可收拾，浑身躁动不安，有一种冲动的欲望后，我便用牙齿和利爪打破铁笼，逃到这片丛林中。与其他动物相比，我对人类的认识更加深刻，无论人类多么奸诈歹毒，我都有对付的办法，这也是狼们畏惧我的一个重要原因。"

　　听到这里，毛克利插话说："嗯！狼们一见你就发慌，可是我没有这种感觉。"

　　黑豹巴希拉继续说："因为你是人类的孩子，所以不畏惧我。大巴希说的没错，你应该生活在人类中，就像我从笼子里逃出来似的，去找你的骨肉同胞。"

　　"可他们为什么要打击我呢？"

　　"毛克利，你虽然生活在丛林中，但人类特有的智慧和威严，仍然在你身上留下了深深的烙印，动物们对你有一种发自内心的恐惧，我也不例外，每当看见你的目光，就觉得心虚。正因如此，动物们由恐惧转变为恼怒，把你视为眼中钉。"

　　"嗯，真是莫名其妙。"毛克利摇着头说。

"况且，你心地善良，助人为乐，在狼群中树立了很高的威信，趁你羽翼未丰，他们要提前下手，拔掉你这颗眼中钉。最让人放心不下的是，阿克拉上了年纪，力不从心，狼们不会像以前一样，对他言听计从，到时候，你和阿克拉就有危险了。"

黑豹巴希拉突然停下来，抓住毛克利的手，激动地说："哦，我差点儿忘了，山下居住的人们，有一种'红花'，是一种威力很大的武器。你去取一朵回来，有了它，我们就可以征服一切动物。"

毛克利沉思了一会儿，恍然大悟，说："我明白了，每天晚上，人们的家中都出现一种'红花'，我马上去取。"

"好！你真勇敢，到底是人类的孩子。"

黑豹巴希拉眉飞色舞，称赞毛克利。

毛克利亲昵地抱住巴希拉的脑袋，轻声问道："巴希拉，你说邪汉一定不会放过我吗？"

"是的，他一定要置你于死地。"

"哼，如果是这样的话，我就先下手为强吧！"毛克利斩钉截铁地说完，转过身，一溜烟儿跑了。

黑豹巴希拉望着他的背影，露出了满意的微笑。

第二十一章　毛克利用计取"红花"

无知的众狼听了邪汉挑拨，让年老的阿克拉去挑战发怒的野牛，导致阿克拉受伤严重。邪汉打算下一目标对付毛克利，但是毛克利提早知道了他的险恶用心，守候到半夜去取得"红花"——一种强大的武器。那么这个神秘的"红花"到底是什么呢？

太阳落山的时候，毛克利回到狼洞，坐在地上，唉声叹气。

母狼拉克夏见他有些异样，关切地问："毛克利，有什么不高兴的事吗？"

"哦！没有，听说邪汉要对我采取不利行动。我想下山去转转。"毛克利怕母狼阻拦，没有说出关于"红花"的事情。

没等母狼答应，毛克利像一支离弦之箭，飞快地跑出洞外。在一座小山坡前，毛克利听到一阵喊杀声。

"啊！是狼群追捕一头凶猛的野牛，看样子不好对付！"毛克利惊呼一声。

在山坡那边，一头健壮的野牛被狼们围在中间，野牛被逼急了，猛地往前一蹿，双角刺入一头狼的肚子，那只狼惨叫一声，倒在血泊之中。

凶悍的狼们前仆后继，逐渐缩紧包围圈，野牛左冲右突，仍然冲不出去。四周的狼们吼声震天，但谁也不敢去冒险，靠近野牛的身子，双方就这样对峙着。

这时，一只年轻的狼提高嗓门说："阿克拉！就看你的了！"

其他的狼一呼百应，齐声高叫，让阿克拉出手。这些歹毒的狼，心中期盼野牛顶死阿克拉，这样就可以重新推举一位首领。

阿克拉虽然年老力衰，但又丢不起脸，只好硬着头皮出战。他抖擞精神，抱着必死的信念，向野牛冲过去。

只见野牛灵敏地一闪身，躲开了阿克拉的进攻，接着抬起后脚，闪电般踢向阿克拉。这只老狼发出一声绝望的叫声，倒在地上。

毛克利在山坡那边听到阿克拉的惨叫，大惊失色，嘴里喃喃地说："不好了！巴希拉说的一点儿也不错。年幼无知的狼听信了邪汉的挑拨，怂恿年老体弱的阿克拉去搏杀凶猛的野牛，阿克拉果然中计，现在不知生死。下一步的攻击目标就轮到我了。嘿嘿！想消灭我，没那么容易，做梦去吧！我取到'红花'，就不怕他们人多势众。到时候我一定与他见个高低。"

毛克利想到阿克拉的命运、狼们的无知冲动、瘸虎邪汉的阴险毒辣，禁不住怒火中烧。为了取到威力无比的"红花"，他飞快地向山下跑去。

毛克利终于跑到村庄，累得气喘吁吁，浑身是汗。

此时，皓月当空，繁星满天，已是深夜时分。毛克利悄悄潜入一户人家的院子，藏在角落里，探头探脑地向屋里望去。

屋子里，有一朵巨大的"红花"，与其他花不同的是它的模样不停地变化，左右摇晃，忽高忽低，时大时小，看上去有一种朦胧的感觉。

"大概这就是'红花'了！"毛克利聚精会神地看着"红花"。

一位小姑娘将一块黑乎乎的"石头"放到花上，一下子"红花"盛开，体积突然大了许多。

"哦！一碰到黑'石头'，'红花'就会长大！"毛克利看得惊奇不已。

过了一会儿，"红花"变得越来越小，眼看就要消失。只见小姑娘放了一块黑"石头"，"红花"再次盛开，渐渐变大，花瓣还夹杂着别的颜色，十分美丽。

毛克利看见"红花"飘忽不定，没有固定形状，不知该怎样将它拿到手中。于是低下头来，苦思冥想。

东方已经发白，太阳马上就要升起，可毛克利仍然没有想出取得"红花"的方法。"红花"与原来一样，每当快要枯萎时，小姑娘就放上一块"石头"，它又开放如初。

正在毛克利挖空心思、脑子飞快转动时，一个手提铁桶的小男孩来到房中。他用一把铁铲，铲起一朵"红花"放在桶中，盖上，提着铁桶来到院子里。毛克利等他走到跟前，突然跳起来，伸手夺过铁桶，转身就跑。

跑了好长时间，毛克利回头看看，没有人追上来。他学着小姑娘的模样，向"红花"吹了一口气，"红花"一下子发出亮光，一股热浪扑面而来。毛克利见"红花"将要萎缩，想起应该喂它点食物，他手中没有黑"石头"，就捡了几根树枝扔进铁桶中。这次"红花"一下子蹿起来，足有三尺高。

亲爱的读者们，你们已经猜出来了吧？毛克利盗取的"红花"，实际上是熊熊燃烧的火。

毛克利跑回丛林中，找到黑豹巴希拉，将铁桶放在他面前，手舞足蹈地说："巴希拉，你看，我将'红花'取回来了。"

黑豹巴希拉欣喜若狂，又蹦又跳地说："毛克利，你真勇敢！了不起！昨天傍晚，阿克拉在捕杀野牛时受到重伤，一些狼说他软弱无能，不适合领导狼群，推翻了阿克拉的统治，并且还要害死他。阿克拉一生英勇，却中了他们的诡计，落得如此下场。但那些家伙并不就此善罢甘休，昨天整整找了你一夜，准备将你咬死。你必须小心谨慎，以防万一啊！"

"嗯，我会小心的。这次‘红花’到手，不怕他们。"

"好！这‘红花’不错，威力极大，你与阿克拉没有生命危险了。"

"可是，我不知道它的用法呀！"

"把干柴、树枝之类的放上去，就长出‘红花’，举在手中，所有动物都不敢近身。你觉得‘红花’可怕吗？"

"不可怕。我脑中隐约记得以前见过这种东西。"

毛克利当然不知道，瘸虎邪汉是在营火边将他的亲生父母吓跑的。

毛克利与黑豹巴希拉又聊了一会儿别的事情，独自回到狼洞。公狼、母狼和狼兄弟都到外面捕食去了，他一个人对着"红花"研究起来。

第二十二章　毛克利遭遇危机

大巴希耀武扬威地去请毛克利参加狼族大会，想一睹毛克利惊慌失措的丑态，但是未能得逞。在大会上，邪汉继续鼓动狼群，大伙纷纷要杀死毛克利，阿克拉和黑豹巴希拉保护毛克利不受伤害。邪汉到底说了什么话，让一直和平相处的狼打算群起而攻击毛克利呢？毛克利是否能脱险？

前面我们已经讲过，丛林中，最卑鄙、最歹毒的动物是大巴希，这家伙又懒又馋，善于挑拨离间、阿谀奉承，经常欺压弱小动物。这时，他受委托到狼洞来通知毛克利参加大会。

大巴希一向不喜欢毛克利，他心想毛克利已经知道狼们召开会议的目的就是要杀死他。他以为毛克利接到通知后定会吓得瘫倒在地，那时他就可以站在一旁看笑话了。想着想着，他来到洞口，大声说："毛克利，太阳落山后召开紧急会议，到时候请你务必出席。"

哪知毛克利听了并没害怕，而是面不改色，镇定自如。

反倒是大巴希吃了一惊，他用不解的目光看着毛克利，想道："这小东西的神经出了问题，要不就是中邪了。"

傍晚时分，毛克利提着装火的铁桶，激动地去参加会议。会场中，首领的座位空空的，气氛也不同于以往，瘸虎邪汉带着几只狼大模大样地走来走去，阿克拉低头坐在一个角落里。

以前，邪汉从未参加过狼的大会，现在，那些被骗得分不清东南西北的狼们，因为邪汉给他们施舍了一点儿食物，就把他当作首领。

毛克利找了一个空位坐下，将铁桶放在两腿之间，胳膊压在上面，以免被别的动物看见。黑豹巴希拉挨着他坐下，两眼警惕地望着会场。与毛克利要好的一些狼，围坐在他身边。

等狼们来得差不多了，瘸虎邪汉得意扬扬地开始讲话。首领阿克拉在位时，邪汉在会上没有发言的资格，而今，邪汉居然指手画脚地发表意见。毛克利气得横眉怒目，怒不可遏，阿克拉唉声叹气，伤心不已。

黑豹巴希拉对着毛克利的耳朵小声说："毛克利，不要任由他胡说八道，出去反驳他。"

毛克利"呼"的一声站起来，两眼扫视了一下全场，镇定有力地说："兄弟们！伙伴们！我们是一个团结的、正义的种族，难道你们要选举邪汉当首领吗？你们愿意让外人来领导我们吗？首领应由大家共同选举，不要轻信别人的花言巧语，这是我们的内部事情，别人无权干涉！"

邪汉见狼们对毛克利的话无动于衷，更加趾高气扬，冷笑了几声说："嘿嘿！小家伙，这由不得你，因为大家都拥护我。"

这时，一只老狼提议："大家不要争吵，让前任首领阿克拉谈谈他的看法。"

阿克拉站起身，满脸悲愤，沉重有力地说："伙伴们，十多年来，我有幸被大家选为首领，与大家一同捕杀猎物，从没发生什么差错，不管多大的困难，也挺了过来。为此，我感到非常自豪。可是前天捕杀野牛时我受了重伤，因为我陷入了一些狼的圈套中，那些家伙明知我年老体衰，在最危险的时候让我出阵，结果，我伤在野牛的蹄下。

"这些人趁机造谣，说我没有本事，不可再担当首领的重任。这是一个歹毒的阴谋。不管怎么说，我斗不过野牛是客观事实，因为丛林中有规定，凡捕获不了猎物的首领就要让位，还要被处死，所以我不想做过多的解释。

　　"以前在位时，我时常教训大家要服从规定，这规定对于我同样适用。现在，我已不是什么首领，你们有权利将我处死。根据规矩，我不会引颈就戮，你们出手吧，哪位能把我杀掉，我无话可说。生前我的声誉极高，死后也不愿让别人说三道四。"

　　阿克拉虽然年纪大了，又受了重伤，但两眼仍发出锐利的光芒，余威犹存。狼们不敢贸然出来与他决斗，会场上鸦雀无声。

　　邪汉想了一会儿，狡猾地说："哼！阿克拉已经到了垂死挣扎的地步。就是不杀他，也活不了多长时间。我们现在需要对付的是毛克利。他本是人类的孩子，十多年前，我吓跑他的父母，他应该是我的食物，现在我要占有他。况且，这小东西横行霸道，为非作歹，目无组织，目无纪律，是丛林中的害群之马。人类是我们动物的可怕敌人，我今天要为各位主持公道，铲除这个异己。"

　　听了邪汉的话，一些受蒙骗的狼们大喊大叫，有的要把毛克利扔到沟中，有的要把他驱逐出丛林，让他回到村子里与人一起生活。

　　瘸虎邪汉听说要把毛克利送回村庄，急忙大声说："不行，这家伙如果回到人的环境中，一定会鼓动人们来围攻我们，到那时，我们会遭到灭顶之灾。因此，还是让我来个斩草除根。你们都惧怕他的目光，我却没将他放在眼里。"

　　邪汉说完，眼露凶光，紧紧盯着毛克利，其他一些狼受到鼓动，将毛克利围在中间，准备发起进攻。会场的气氛顿时紧张起来，毛克利处在生死边缘。

　　阿克拉看到这种情形，站起身来，走到毛克利跟前，大声说："不许伤害他，他虽然是人类的孩子，但从小与我们生活在一起，非常严格地遵守着丛林中的各种规矩，况且，在以前的集会上，我们也承认了他的地位，接受他加入我们狼族。"

　　站在一旁的黑豹巴希拉怒眼圆睁，挡在毛克利身前，摆出一副拼命的架势，怒吼着说："哼哼！你们不会忘记吧，毛克利小时候参加集会，我用一头野牛将他换出，如果你们为难他，说明没把我放在眼里。你们胆敢伤他一根汗毛，我决不会袖手不管，一定与你们势不两立！"

慑于黑豹巴希拉的威力，包围毛克利的一些狼们被怔住了，不由自主地后退几步。

瘸虎邪汉见狼们畏缩不前，站出来厉声说道："巴希拉，不要啰唆，不把毛克利交出来，我不会善罢甘休！"

阿克拉控制不住心中的怒火，大声疾呼："朋友们！我再说几句，毛克利虽是人类的孩子，相貌与我们天壤之别，但他是在狼群中长大的，与我们建立了深厚的感情，亲如骨肉，现在兄弟们自相残杀，于心何忍，各位要三思而后行啊！"

阿克拉说到这里，深情地看了毛克利一眼，充满慈爱地说："伙伴们，你们轻信邪汉的花言巧语，无视丛林中的规矩，随意伤害人类。不靠自己的勇敢和智慧去捕获食物，而靠别人的施舍厚着脸皮生活，我真为你们感到羞耻。你们没骨气，一个个都是胆小鬼，与这样的动物生活在一起有什么意义啊！你们来处死我吧，我甘愿替毛克利去死，只要你们不加害他，我就束手待毙，决不还手，请你们动手吧！"

阿克拉的话掷地有声，响彻会场。狼们都被他那种视死如归的大无畏精神深深感动了。但仍有一些顽固的狼执迷不悟，叫嚷着要杀死毛克利。他们一个个张牙舞爪，摩拳擦掌，跃跃欲试。

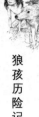

第二十三章　胜者为王

看到朝夕相处的伙伴们毫不留情地要置自己于死地，毛克利内心百感交集。他掷地有声地宣布脱离狼群，回到人类。毛克利提前反攻，用"红花"震慑住狼群，并狠狠惩罚了邪汉，同时警告所有狼都不得再伤害阿克拉。"红花"究竟有多大的威力呢？让我们一起来看看毛克利的转变吧。

黑豹巴希拉见事态严峻，已经没有缓和的余地，紧咬牙根，一字一句地对毛克利说："今天的局面不会出现转机，你打消一切幻想吧，将'红花'取出来，用武力征服他们！"

毛克利犹豫了好长时间，终于下定决心，将铁桶缓缓地举过头顶，嘴里发出一声炸雷似的吼声。

瘸虎邪汉与狼们像中了魔似的，呆立当场，一动不动。

此时，毛克利的心中好像打翻了五味瓶，酸甜苦辣一齐涌上来。是啊，眼前都是朝夕相处的伙伴，现在却要兵戎相见，他不明白，自己为什么会被如此痛恨。

"你们听着！你们既然一口咬定我不是狼，我没有办法，本来我准备一辈子生活在丛林中，现在看来，这个愿望不可能实现。从此以后，我宣布脱离狼群，和你们没有一丝牵连。你们逼得我走投无路，我只好回到人类的社会中去。我不会让你们的阴谋得逞，请看，这是我送给你们的礼物！"

毛克利说完，举起铁桶，将红花掷在地上。一阵"噼噼啪啪"，火焰四散，周围的树枝枯草立即燃烧起来。动物们吓得肝胆俱裂，四肢发软，虽想逃跑，但迈不开步。

毛克利点燃一根树枝，迎风一挥，树枝马上熊熊燃烧起来，冒出长长的红色火焰。毛克利怒视着邪汉和作乱的狼们，一步步向前走去，吓得他们不住地后退。

黑豹巴希拉跑过去搂住毛克利，激动地大叫："毛克利！丛林中，你的本领最高，谁也不是你的对手，你应该是最高首领。阿克拉是你的生死之交，但愿你好好地照顾他。"

毛克利听了，点头称是。阿克拉双眼含满泪水，垂头丧气地蹲在一边。这位狼群的首领，一生当中经历了无数的大风大浪，闯过无数难关，带领狼群纵横驰骋，是何等的威风，而现在却要在别人的庇护下苟且偷生。相信他此时的心情，有说不出的难受。

毛克利来到阿克拉身旁，一边抚摸着他的耳朵，一边沉重地说："阿克拉多年来为大家的生存出生入死，做出了很大的贡献，现在他年事已高，又被野牛踢了一脚，身体虚弱。从此以后，谁也不准欺侮他。"

说完，又转过身，对着狼群说："你们这些丛林中的败类，与邪汉同流合污，逼得我无处容身。我虽然对你们有很深的感情，但不会像从前那样，把你们当作亲兄弟。但不管什么时候，我也做不出出卖朋友的无耻之举。"

他的话发自内心，感人肺腑。大伙听了，感动不已。黑豹巴希拉与阿克拉站在一旁，眼泪无声地流下来。

"红花"，威力巨大的"红花"，握在毛克利手中，代表着自由，代表着胜利，代表着美丽，燃遍丛林，映红了天空。刚才还气势汹汹的狼们，现在都不寒而栗。

毛克利眼中突然射出两束怒火，直扫狼群。瘸虎邪汉躲在狼群中间，缩头缩尾，浑身发抖。毛克利抬起腿，一步一步走入狼群，狼们急忙闪身让路。毛克利来到瘸虎邪汉跟前，托起他的下巴，揪住胡须，像审判犯人一样，沉重有力地说："瘸虎邪汉，抬起头来，看着我的眼睛！"

邪汉早吓得魂飞魄散，哪里还敢抬头，趴在地上，一动不动。

毛克利接着说："邪汉！你这个阴险狡猾的家伙！以前没把我害死，现在却哄骗一些没有头脑的狼们来攻击我，真是罪该万死！我就在这里，你为什么不动手啊！胆小鬼！现在让你尝尝我的厉害！"话音刚落，手中的树枝奋力击向邪汉的脑袋。

"啪"的一声，火星四射，"哧"的一声，白烟滚滚。

"啊——呀——"邪汉疼得撕心裂肺，叫声响彻丛林。虽然想逃，却没有半分力气。毛克利挥舞手中燃烧着的树枝，劈头盖脸，一顿乱打。不可一世的瘸虎被烧得焦头烂额，惨不忍睹。

"哼！邪汉你听着，这次饶你不死，如果仍然为非作歹，下次让我碰上了，一定将你碎尸万段。"

毛克利话锋一转，对狼群说："告诉你们，谁也不能欺侮阿克拉！否则的话，我不会放过你们……还磨蹭什么？快点滚吧！"

转眼间，邪汉和他的追随者跑得无影无踪，空荡的会场上只剩下毛克利、巴希拉、阿克拉，还有一些拥护毛克利的狼兄弟。

第二十四章　毛克利的离开

狼族里已经无法再有毛克利的地位了。毛克利伤心欲绝。只能返到家里和公狼母狼以及狼兄弟们依依不舍地道别。他打算离开森林，到人类中生活！虽然遭遇了人生中的打击，但是似乎毛克利在磨炼中突然间长大了，他变得成熟懂事了！

毛克利抬起头，看见阿克拉他们一个个眼含热泪望着自己，心中涌上一股暖流，禁不住哭出声来，眼泪像断了线的珍珠"吧嗒吧嗒"掉在地上。

出生以来，毛克利从没有像今天这样哭过，他越哭越觉得难受，越难受越想哭。为什么？为什么！我的眼泪为什么这样多？我的脑子为什么如此混乱？是孤独，还是无奈？

哭了大半天，毛克利翻滚的思绪慢慢平息下来，哽咽着说："朋友们！你们不要过分悲伤，我走了，我要恢复本来面目，回到人类的社会中去。你们的大恩大德，我将永远铭记在心，若有机会，一定要好好报答。

"阿克拉，你身上有伤，千万要注意，决不能单独一人外出捕猎。各位狼兄弟们！我走之后，你们要齐心协力，共同抵抗外敌。若有可能，可以去别的地方生存发展。还有，阿克拉为我们狼族耗费了毕生精力，已是风烛残年，没有力气再去打猎，你们要照顾他的生活起居。我现在走了，还会回来，不会和人类过一辈子。虽然与你们不是同一个种族，但我非常热爱丛林，热爱你们。我一定会回来看望大家。今后，我将适应另一种环境，开始另一种新的生活。别了，朋友们！你们好自为之！"

他依次把脸贴在每只狼的脑袋上，久久不肯松开。狼们一个个垂头丧气，发出一声声依依不舍的呜咽。

公狼和母狼一家正翘首等待时，毛克利有气无力地回来了。一进洞，他就扑在母狼身上失声痛哭。过了一会儿，毛克利止住哭声，断断续续地将刚才集会上发生的事情说了一遍。

母狼听了，脸色沉重，目光黯然，四只狼兄弟紧紧拉住他的手，泣不成声，公狼强忍眼泪，将头扭到一边。整个狼洞充满了伤心和悲痛。

公狼用沙哑的声音说："毛克利，如果真是这样，我们不留你，你走吧。你是人类的孩子，最终要回到人类的怀抱之中。我和母狼年龄大了，你一定要常回来看看我们。我们想你的时候，也会到村子里去找你的。"

毛克利含泪点头答应。

母狼紧紧地搂住他，像生离死别一样，眼泪哗哗地流下来："毛克利，我的孩子，真舍不得你呀！"

毛克利心如刀绞，悲痛欲绝，哆嗦着嘴唇说："你们不要哭了，我一定回来看望你们。我还要剥下邪汉的皮，垫在会场首领的座位上……一定！一定！"分手的时刻终于到来了，毛克利和公狼、母狼、狼兄弟们分别搂抱一会儿，狼下心来，朝山下跑去。

"毛克利！不要忘了回来看我们……"母狼的哭声凄惨沙哑，响彻夜空，在丛林中回荡不绝。

毛克利一口气跑到山脚下，回过头来深情地望了一眼。

此时，太阳刚刚升起，东方朝霞满天，十分壮观。

别了！雄伟的西奥尼山！别了！美丽的丛林！

别了！亲爱的公狼！慈爱的母狼！可爱的狼兄弟们！

别了！忠厚的棕熊伯鲁！凶猛而可亲的黑豹巴希拉！悲壮的老狼阿克拉！

第二十五章　毛克利回到人类怀抱

毛克利挥泪告别森林，来到了人类居住的村庄。他又饿又累，但是由于常年的森林群居生活，还是吓坏了好多人，大家以为他是魔鬼。好在见多识广的和尚认为毛克利是被狼抓伤带走的孩子，美修娃认毛克利做她的孩子。毛克利会适应新家吗？看看会发生什么有趣的事情呢？

毛克利挥泪告别了丛林，漫无目的地朝前走去。走了整整一天，傍晚时分，毛克利来到一个广阔的平原。平原中间，有一条河流横穿而过。河岸两边有杂七杂八的石头，远处还有大片大片茂盛的草地。

最近的一片草地旁边，坐落着一个小村庄，居住着大约几十户人家。一群水牛在草地上悠闲自得地吃草。在夕阳余晖的照射下，构成一幅风景优美的图画。

毛克利略一思索，朝前走去。当他走到村庄跟前时，那些水牛又蹦又跳，乱作一团，几个放牛的孩子也都惊叫着跑回村里。

毛克利不知道，他的外貌像一个可怕的怪物，别人见了当然害怕。他已经一整天没吃饭了，肚子叽里咕噜叫个不停。为了找点吃的，他又向村子里走去。村子的四周挖了一条小沟，旁边栽些坚硬的木棍，大概是用来防备野兽的。

毛克利来到村口，看见一个人站在那里，便走上前去，用手指指嘴巴，又摸摸肚子，说明想吃点食物。那人见状，吓得五官移位，拔腿就跑，口中不住大叫：“不好了！师父！不好了！山中的魔鬼来了！”

村里的人们不知到底发生了什么事，满脸惊慌地跑出来。为首的是一个和尚，又高又胖，穿着一件闪闪发光的袈裟。

跑出来的人们将毛克利团团围住，惊奇地打量着他。毛克利心想人们如此胆小，真没骨气，好像丛林中的猴子。他将披肩长发拢到脑后，用轻视的目光看着他们。

老和尚大约有些经验，仔细端详了一会儿说：“据我看，他是我们人类的孩子，并不是什么魔鬼。他身上有许多伤疤，一定是在森林中被狼抓伤的。”

其实，毛克利身上的伤疤是玩耍时，被狼兄弟们抓的，早就好了。现在只能隐约看见几条模糊的白印，他根本不在乎这点伤疤，但在人的眼光中，却觉得非常严重。有几个妇女听到老和尚的评论，立即尖叫起来：“啊！真不幸，被狼抓成这个样子！”

“是呀！这孩子真的是人，只是头发太长。眼睛还挺有神的。你瞧，模样不错嘛！哎，美修娃，他与你的儿子十分相似啊！”

这时，从人群中走出一个妇女，手脚上佩戴着叮叮当当的玉镯，看上去出生在富贵人家。

她走到毛克利面前，上下打量了一番，含着眼泪说：“嗯，确实跟我的儿子很像，可是我的儿子没有这么瘦啊！”说完，她把自己的上衣脱下来，给毛克利穿上，搂着他放声大哭。

这个女人名叫美修娃，十年前的一个傍晚，他们夫妇遭到一只老虎的袭击，她的儿子纳都就是那时候不见的。村里的人们对这件事记忆犹新，如今美修娃的儿子回来了，人们不由得替她高兴起来。

“我佛慈悲，这孩子终于从苦海中逃脱出来，回到我们的怀抱中，这真是一件功德无量的事情啊！”

老和尚一边说，一边双手合在一起，放在胸前，朝天拜了几拜，人们也做出同样的姿势，虔诚地拜了起来。

美修娃拉着毛克利的手，亲切地叫他："纳都……纳都……"

但毛克利听不懂人的语言，呆呆地看着她。

毛克利跟随美修娃回到家里，一进门，毛克利就被吸引住了。映入眼帘的都是些没见过的东西：床、箱子、柜子，还有一些装饰品。

在一块闪闪发亮的东西前，毛克利好奇地停下脚步。伸过头去一看，却吓得"啊"地大叫一声。一个模样可怕的孩子直直地看着他。毛克利正要低头想个明白，那孩子也低下了头。咦！奇怪！

毛克利又做了些其他动作，那孩子也依葫芦画瓢，与他的动作一模一样。

"嗯！这一定是水……不对，不对，要是水就流下来了，怎能站在墙壁上？那是什么呢？是一块冰？但冰摸上去是冷的啊！"毛克利百思不得其解。大家都知道，这实际上是一块大镜子。

美修娃见他对什么都感到新鲜，不停地摸摸这儿，看看那儿，心里十分好笑，又给他端来许多精美的食物。毛克利早就饥肠辘辘，风卷残云般吃了个精光。

美修娃等他吃完，柔声叫道："哎，纳都！"

毛克利不懂她的意思，不知所措地望着她。

"纳都！我给你做过一双鞋，那时你还小，你忘了吗？"

美修娃一边说，一边看毛克利的脚。啊！毛克利的脚又大又硬。

"唉，这样的脚怎能穿那么小的鞋，你可能不是我的儿子。"

美修娃绝望地流着泪说，"可是，你与我的儿子十分相似，我以后就把你当成亲生儿子吧！"

毛克利虽然不明白她的意思，但他具备人类的灵性，知道美修娃对他没有恶意，露出了会心的笑容。

开始时，毛克利总是担心房顶会掉下来。他自然而然地想起了抬头就看见天空的树林，也想起与他朝夕相处的那些伙伴。

慢慢地，他又想到自己从丛林中跑出来，就是为了恢复人的本来面目，有什么不习惯只好慢慢去适应吧。目前最重要的是掌握人类的语言，这样才能与人类交流。

在美修娃的指导下，天资聪颖的毛克利进步神速。不长时间，他就掌握了各种日常用语，慢慢地，毛克利会喊"妈妈"了，这让美修娃得到极大的安慰，她用含满泪水的眼睛，温柔地注视着他。毛克利也高兴得眉飞色舞。

接着，美修娃将丈夫请出来，让毛克利叫他"爸爸"。

第二十六章　毛克利学习做人

人类有许许多多的规矩，这和丛林中的不拘一格是完全不同的。毛克利是否能逐渐适应人类的这种生活呢？他的观念会不会和当时的人类有冲突呢？自从离开之后，丛林中其他狼的生活怎么样了？

吃完晚饭，美修娃让毛克利在床上睡觉，见美修娃的丈夫关上窗户，毛克利吓得脸色苍白。这屋子是不是猎人设下的陷阱啊？

想到这里，毛克利再也躺不住，翻身下床，从窗户跳了出去。美修娃担心他在外面出事，正要去追，被丈夫拦住了。

"不用管他，他睡在屋里不舒服，让他到外面去吧，明天早晨，他会回来的。"

毛克利来到草地上，仰面躺下来。啊！好舒服呀！他一边望着天上的星星，一边感慨自己的经历，心中涌上一种说不出的滋味……想着视自己如珍宝的公狼母狼，想着情同骨肉的四只狼兄弟，想着教导自己的棕熊伯鲁，想着舍命保护自己的黑豹巴希拉……毛克利的眼里充满泪水。

唉，从现在开始，我处于新的环境中了，这些往事就让他保存在记忆的深处吧！正在这时，毛克利听见"唰唰"的轻微响声。在丛林中生活了十多年的毛克利，练就了一双机警的耳朵，他马上跳起来，摆出防守的架势。

一头灰色的狼"呼"的一声蹿过来，毛克利定睛一看，是公狼的大儿子。他马上跑过去，抱住灰狼的头，急切地问："你怎么知道我在这儿？"

"嗯！根据你留下的气味，很容易就跟到这儿来。咦！你身上好像有烟味儿，这么短时间就染上了，确实与我们不同啊！"灰狼茫然地说，好像自己缺少了什么似的。

毛克利轻轻地抚摸着灰狼的头问："我走了以后，丛林中怎么样？"

"没什么，只是一些狼让你的'红花'烧伤了皮毛后，还算安分。那个瘸虎邪汉让你烧得皮开肉绽，在丛林中抬不起头来，不知跑到什么地方去了。临走时扬言，伤好后还要找你报仇，要将你埋葬在西奥尼山上。"

毛克利听了，冷笑一声说："哼！不知天高地厚的瘸虎，还敢说大话。如果是这样的话，更不能放过他，一定要将他的虎皮剥下来，垫在集会场首领的座位上。与你们分手时，我就说过这句话。"

"嗯！我知道。但邪汉阴险毒辣，你不能粗心大意。你走了以后，父母非常想念，希望你快点回去。毛克利，短短的时间内你就染上了人间烟火，我真担心在人的环境中，你会被彻底改变。"

"不可能！你不用担心，不管什么时候，我也是一只狼！"说着，毛克利露出一种痛苦的表情，"大哥，一些年幼无知的狼受了邪汉的煽动，将我逼得无处容身，是一次深刻的教训啊！"

"是的，正因为有这个教训，你与人相处时，更得小心谨慎，以免遭到他们的攻击。据说人类意志薄弱，心口不一，不如我们狼爽快！"

实际上，毛克利也看不起人类，认为人是一种无耻的动物。

"我得回去了，否则父母会担心的。以后我每天看你时，就在草地那边的树林中等你。"说完，灰狼依依不舍地走了。

已是深夜时分，天上星光灿烂，地下寂静无声。毛克利望着狼不见了踪影，又陷入沉思。不知过了多久，他进入了甜美的梦乡。

在丛林中生存，要懂得丛林的礼节，同样，在人类的社会中生存，也要学会做人的原则。为此，毛克利费了很大的心血。整整三个月，都待在村里，没与灰狼见面。

毛克利脑中经常闪过这样的念头：做人真头疼！穿衣服就是一件麻烦事。以前在丛林中生活时，赤裸着身体，不管上山还是下河，母狼也不去理会。可现在把衣服穿在身上，又憋气又燥热，要是不小心弄脏或弄破了，还得让美修娃教训一顿。

再就是花钱，毛克利也觉得啰唆。那时候，喜欢什么东西，随便取来就行了。哪儿像人这样买呀卖呀的，让人想不明白。他看到美修娃的丈夫去田野种地时，更觉得不可思议。土地里什么也没有，为什么要挖呢？不是白费力气吗？

毛克利一出家门，就引来一些孩子们的围观。一些调皮的小家伙还捉弄他，说他是狼的孩子，不懂人类的语言。毛克利虽然生气，但总是耐着性子不与他们争斗。

因为他知道，丛林中有一条规矩是坚持忍耐，如果乱发脾气，就抓不住猎物。还有，人是一种软弱无能的动物，与他们示威，不是好汉的行为，是一种耻辱。

从前与狼一起生活时，毛克利的力气很小，比赛时斗不过其他动物。可现在，村里的人们都说他力大如牛，对他十分畏惧，毛克利也弄不明白自己的力量究竟大不大。

还有，印度非常注重社会地位，等级制度森严。按照身份，将人们分成贵贱不同的几个阶层。

由梵天的口中出生的人，身份最高，叫作"婆罗门"，是第一等人；由梵天手掌出生的人，叫作"刹帝利"，是二等人；"吠舍"是第三等人；"首陀罗"是第四等人。第四等人社会地位低下，是从事体力劳动的奴隶。

一天下午，有个陶瓷工人赶一头驴去市场上卖瓷器，半路上连驴带瓷器全部掉进一条小泥沟。毛克利看见了，急忙过去帮他拉上驴子，抬出瓷器。没想到，毛克利为此受到别人的非议。因为陶瓷工人属于第四等人，驴子更谈不上社会地位，他的行为触犯了森严的等级制度。

　　老和尚听到这个消息，把毛克利叫过跟前，很不高兴地说："听说你帮助了陶瓷工人，这是不行的。你是三等人，是'吠舍'的子弟，陶瓷工人比你的身份低一级，你为什么要帮他？在村里以前没有这种先例。我们不能随便降低自己的社会地位！"

　　毛克利听了，十分反感。在丛林中，没有什么等级，谁都一样，而且助人为乐是一种高尚品德啊！

　　见老和尚还要教训，毛克利大发雷霆："住口！我不想听你的什么高低贵贱！我看你不劳而获，靠别人的施舍度日，比驴子还要下贱……"一番话，说得老和尚又气又急，转身跑了。

　　老和尚来到美修娃家，原原本本地把毛克利的事情说了一遍。

　　美修娃夫妇听了，大吃一惊，继续这样下去，还不知道要惹出什么乱子。他们急忙去请求村长，让他为毛克利安排一份工作。

第二十七章　毫不客气的毛克利

美修娃夫妇担心毛克利惹出乱子，恳求村长安排了一份放牛的工作给毛克利。毛克利想要向大家表明自己的合法身份，谁知道碰到了喜欢吹嘘的人类，被毛克利几句话揭穿了真相。

　　这天夜里，村长来了，以长者的口气说："毛克利，我给你分配一个工作，让你每天放牛。从现在起，你是一名正式的、合法的村民了。你要以集体利益为重，注意水牛的安全，防止出现差错！"

　　毛克利爽快地答应了。放水牛不是件简单的事情，如果圆满地完成了这个任务，就是出色的村民了。他心想："我在丛林中生活了十多年，驱使狼群都不在话下，放牛还不是小菜一碟？如果那些调皮的小家伙继续捉弄我，就让他们尝尝水牛的厉害！"

　　毛克利抑制不住心中的激动，急忙跑到会场，要向大家表明自己的合法身份。会场上，包括村长在内的许多人坐在一起聊天。其中最引人注目的是一位理发师，指手画脚地讲述着一些鸡毛蒜皮、不着边际、无关紧要的小事。

　　另一位是老猎人，名叫巴尔道。他十分了解丛林中的各种情况，全村只有一支火药枪，由他保管着。

　　会场旁边卧着一条眼镜蛇，村民们把他当作圣蛇，十分崇拜。

　　毛克利轻手轻脚地来到会场，坐在一棵大树下。

理发师刚一讲完，巴尔道就开始滔滔不绝地讲起丛林中的故事，不时把火枪往怀中搂搂，那可是他的命根子。讲到恐怖的情节，人们都瞪大眼睛，提心吊胆。

这儿离丛林很近，野兽们经常骚扰，老虎也在傍晚的时候出来伤人，因此，人们听了巴尔道的故事，心中有点恐惧。

而毛克利却听出猎人胡说八道，觉得滑稽可笑。

巴尔道没看见树下的毛克利，见人们听得聚精会神，更来劲了，接着说：“你们知道不知道，叼走纳都的那只老虎，可非同一般。”

巴尔道喜欢故弄玄虚，常常是话没讲完，压低嗓音，装出神秘的样子，来吸引听众。等吊足听众的胃口，他再开始讲下去：“那只老虎，身上附着布兰大斯的鬼魂呢！布兰大斯是一位剥削穷人的老头，心肠毒辣，人们毁了他的账本，打折了他的一条腿，死后他的灵魂就附在那只老虎身上，因此，老虎走路时一瘸一瘸的。”

毛克利听他扯到瘸虎邪汉身上，忍不住站起来，冲着巴尔道大声说：“不要骗人了，布兰大斯的鬼魂怎会附在老虎身上呢？丛林中谁不知道，那只天生瘸腿的老虎名叫邪汉！”

巴尔道的谎话被当众揭穿，羞得面红耳赤，一看毛克利是个小孩，就说：“小混蛋！你懂什么？要是有本事，你去将老虎杀死，剥下虎皮，按规定还可以得到一百卢比的奖励呢！小东西，不行吧？以后不要随便打断大人的谈话！”

毛克利心中恼怒，但不想与他争辩，一面往回走，一面说：“嘿嘿！你讲的故事中，只有一小部分可以相信，大部分都是自己凭空想象编造的。什么鬼魂附身的事，更是胡说八道。”

毛克利说完，离开会场回家去了。

第二天，毛克利就开始放牛了。

水牛脾气暴躁，一见到服装古怪的白人，就怒不可遏，非将他踢死才肯住手。令人想不通的是，这么凶猛的水牛却对牧童言听计从。

别说水牛，黄牛的性格非常温和，但如果聚集在一起，老虎也不敢招惹。可放牛的孩子们大多贪玩，会让牛群遭遇不测。因此，毛克利出发时，美修娃再三吩咐，让他不要远离牛群，但不知天高地厚的毛克利不以为然。

有一条水牛身躯庞大，名叫"拉玛"，毛克利骑在他背上，向草地走去。后面跟着一群水牛和黄牛。一起放牛的另外几个孩子，不知什么原因，自动听从毛克利的命令，这样一来，毛克利就成了他们的首领。

他们赶着牛来到草地，毛克利翻身下牛，向几个牧童交代一番，便迫不及待地朝树林跑去。自从上次看完毛克利，灰狼每天都到树林等他。这天，他正焦急地四处张望时，毛克利跑来了。

"喂！毛克利，我在这儿呢！这么长时间了，你每天干什么呢？害得我天天白等一场。"

"灰狼大哥，你辛苦了！做人是件麻烦事，每天学习说话、学穿衣服，还得学乱七八糟的做人方法……实在忙得脱不开身，你原谅我吧！嗯，瘸虎邪汉怎么样了？"

"瘸虎邪汉养好伤，又回到丛林中，纠集一些年幼无知的狼，鬼头鬼脑的，不知耍什么花招。但有一点是肯定的，他不服气，要找你报仇。你千万不能大意，要多加防备啊！"

"嗯，我知道了，我会小心的，他不可能把我怎么样。不管怎么说，今天见到大哥，我非常愉快。请你转告其他兄弟们，我想与他们见见面，若有工夫，就常来看我，但要躲开瘸虎邪汉，以防他袭击你们。"

他们俩又闲聊些其他事情，灰狼眼含热泪，转身离去了。

毛克利躺在地上，枕着两条胳膊，一边想念丛林中的伙伴，一边思索对付邪汉的对策，想着想着，不知不觉睡着了。

时间过得真快，从毛克利开始放牛到现在，已经一个月了。

这期间，毛克利悠闲轻松。他每天将水牛赶到草地上，然后跑到树林中去与灰狼见面，聊一些丛林中的话题。与灰狼分手后，毛克利就躺在地上睡觉。

第二十八章　毛克利智斗瘸虎邪汉

　　兄弟灰狼告诉毛克利，瘸虎邪汉埋伏在村口，准备袭击毛克利。邪汉一再想要毛克利的性命，而且在森林里为非作歹，扰乱森林秩序，这激起了毛克利的愤怒。聪明的毛克利掌握了瘸虎邪汉的弱点，灵巧布局。他到底打算如何智斗瘸虎邪汉呢？

　　这一天，毛克利与灰狼又在树林中会面了。但灰狼的神情不像往常那样喜悦，好像有点紧张。他抓住毛克利的手，激动地说："毛克利！瘸虎邪汉出现了！带着馋鬼大巴希，他们以为你不会提防，准备将你干掉！"

　　毛克利倒吸了一口凉气，说："瘸虎邪汉没什么了不起的，但大巴希心地险恶，倒是个劲敌。"

　　灰狼又说："昨天傍晚，太阳快落山的时候，我拦住大巴希审问他。起先他还吞吞吐吐，不想交代。后来见我生气要教训他，才吐露了消息，今天晚上，邪汉埋伏在村口，准备袭击你。你要提高警惕啊！"

　　"嗯，大巴希没有撒谎，瘸虎现在在什么地方呢？"

　　"这个村子的东边，有一条大河，河里早就没水了，现在变成了一个深谷，邪汉就躲在那里，晚上的时候，他就来了。"

　　毛克利低头沉思了片刻，似乎想好了对策，抬头问灰狼："大哥！昨天，邪汉有没有捕获其他食物？大巴希向你透露了没有？"

老虎吃东西与不吃东西，攻击的力量不一样，毛克利必须摸清敌人的情况，才能制定出作战方案。

"我差点儿忘了，大巴希告诉我了，昨天，邪汉吃过一头野猪。"

"野猪？全吞进去了吗？"

"吞进去了，骨头也没剩一根，馋鬼大巴希准备分享一点儿，可邪汉饥饿过度，自己还没吃过瘾，哪儿能顾上别人呢！"

"啊！邪汉的肚子够大的，居然能吞进一头野猪！"

"这还不算，邪汉又喝了两桶水。"

"一般来说，有经验的动物在战斗前不吃东西，以减轻体重、增强灵活性。可又笨又馋的邪汉没有想到。"

"哼！这瘸虎真是个愚蠢的家伙，吃得太饱，不要说伤人，眼皮都睁不开。我看他怎样害我……哎，大哥，邪汉正在小沟中休息，这是个进攻的最佳时机，如果跟前有几个狼兄弟，一定能将他擒获……"

毛克利指着草地上的水牛接着说："水牛虽然不会打架，但嗅觉特别灵敏。可惜听不懂我的话。"

"邪汉不可能在地面上留下气味，因为他是从水中游过来的。"灰狼接着说。

"邪汉没这么聪明，可能是大巴希提醒他的。"

毛克利说完，又低头沉思："邪汉既然不肯放过我，我也不客气了。不是鱼死，就是网破，今天与他决个胜负！"

首领阿克拉被推翻以后，丛林中的狼们群龙无首，四分五裂。由于没人监督执行，丛林中的纪律成了一纸空文。

狼们拉帮结派，各自为政，哪儿还有往日的繁荣景象。邪汉瞅准这个机会，到处摇舌鼓唇，煽风点火，拉拢一些立场不坚定的狼，扶持自己统治狼族。但是，只要毛克利还在世上，邪汉的阴谋就不可能得逞。即使登上首领的宝座，也不安稳，因此他将毛克利视为眼中钉、肉中刺，恨不得立即将他生吞活剥。

毛克利知道邪汉是个阴险狡猾、无恶不作的坏蛋。如果让他统治狼群，丛林中将永无宁日，一些忠厚老实的狼将遭受灭顶之灾，丛林中的其他动物，也要陷进水深火热之中……无论如何，不能让他的梦想变成现实。在这种形势下，狼们自动分成两个集团。一方拥护邪汉，一方拥护毛克利，各持己见，水火不容。继续发展下去，就会爆发一场战争。一方是为霸权而战，一方是为和平而战。这场你死我活的斗争，究竟谁是最后的胜者呢？实难预料。

　　雄伟的西奥尼山，美丽的丛林之中，大有山雨欲来风满楼之势。

　　毛克利决定与邪汉见个高低，马上斩钉截铁地说："大哥！这儿离邪汉休息的那个深谷很近，我领上几只水牛，从深谷上面冲过去，邪汉抵挡不住，一定会从下游逃窜，你带一些水牛在谷口把守，不要放他走了。"

　　毛克利想了一会儿又说："这个计划虽然不错，恐怕我一人势单力薄，不能成功，还得找个帮手。"

　　说完毛克利跑到一个山洞边，朝洞中大喊："阿克拉，我准备消灭瘸虎邪汉，想请你协助。"

　　阿克拉见到毛克利，高兴地用头在他身上蹭来蹭去，听说要干掉邪汉，脸上露出关切的神色，问："能行吗？"

　　"行！我们可以利用水牛，兵分两路，打他个措手不及。来，我们把母牛和小牛赶在一边，把公牛赶在另一边，分成两群。"

　　阿克拉、灰狼和毛克利立即动手，费了好大力气才将水牛分成两组。母牛们围成一圈，将小牛夹在中间，气势汹汹地盯着毛克利他们，摆好姿势，防备他们伤害小牛。

　　公牛也不知是怎么回事，在地上转来转去，显出不安的样子。

　　阿克拉大喊："毛克利，马上出发！否则，水牛还会混在一起！"

　　毛克利点头答应一声，敏捷地骑在拉玛的背上，高高扬起手中的皮鞭说："阿克拉，咱俩带领公牛从后面绕到深谷，突然袭击。大哥灰狼先留在原地看守母牛和小牛，不让他们追随公牛，等看不见我们时，领着母牛和小牛守住谷口，以防邪汉漏网。"

"毛克利，我守在哪一处谷口最恰当？"灰狼请示毛克利。

"找一处比较狭窄的地方，让水牛站在谷底，邪汉就插翅难飞了！"

"我明白了！就这样干！"灰狼激动地回答，一想到要消灭邪汉，他热血沸腾，情绪激昂。

"阿克拉！立即行动，现在出发！"毛克利举起鞭子在空中一甩，"啪"的发出清脆的响声。

阿克拉不愧是狼族的首领，虽然上了年纪，但威风不减当年，他移动着矫健的身躯，在后面驱赶公牛。就这样，由毛克利领头，水牛居中，阿克拉断后的队伍浩浩荡荡地出发了，一路上尘土飞扬，遮天蔽日。

等毛克利他们走得看不见了，灰狼赶着母牛和小牛向深谷下游进发。毛克利制订的战斗方案非常简单：他们这一路从丛林中穿过去，绕到深谷的上游，领着水牛发起冲锋，然后会合灰狼带领的母牛队，两面夹击，一举歼灭瘸虎邪汉。

之所以制订这样一个战斗方案，是因为得到邪汉吞进一头野猪的消息。众所周知，老虎吃得太饱，别说参加战斗，连低矮的山谷都跳不上去。

公牛队伍来到丛林，毛克利大声喊："阿克拉，停下来休息一会儿！"

毛克利心中明白，像这样继续进发，不等走到深谷，就会被邪汉发觉，自己精心制订的战斗方案，就成了竹篮打水——一场空。

"在丛林中休息片刻，调整队伍，悄悄袭击。"

阿克拉跳来窜去，让公牛排得整整齐齐，有条不紊地缓缓向前走去。

"深谷就在前边。"阿克拉压低声音，告诉毛克利。

"看见了，我们俩往上游走一点儿，发起攻击时威力会更大。阿克拉，声音小一点儿，不能让邪汉听见。"

又走了一会儿，队伍来到深谷的上游。毛克利四周一望，好极了！深谷两边是悬崖峭壁，光溜溜的如刀劈斧砍过的一般。就连身体灵活的豹和狼，也只能望崖兴叹。吃饱野猪的邪汉要想攀上悬崖，比登天还难。

阿克拉也露出满意的笑容，激动地说："好地方！不知灰狼那边准备好了没有？"

毛克利接过话说："应该准备好了！那儿离谷口没有多远。我们先喘口气，稳住牛群的阵脚。这些水牛如果嗅见邪汉的气味，发起进攻来，气势更加凶猛。"

毛克利熟知水牛的脾气，因为老虎经常骚扰他们，所以一嗅到老虎的气味，他们便会拼命冲过去，无论瘸虎有多大本领，也无法抵挡。

毛克利看水牛休息得差不多了，看着阿克拉说："阿克拉！我一下命令，你就催动水牛，让他们沿着谷底往前冲。在下命令之前，我得向邪汉打个招呼，生死存亡，在此一战，我要让邪汉输得心服口服。"

说完，毛克利骑在拉玛背上，直起腰，伸出脖子，鼓足精神，大喊一声："嗨！瘸虎邪汉！毛克利在此，准备迎战吧！"

喊声传到谷底，发出阵阵回音，响彻上空。

第二十九章　邪汉之死

毛克利威风凛凛地骑着拉玛，带领着水牛们势不可挡，直朝邪汉冲了过去。这次会不会毛克利心软再次放过邪汉呢？让我们拭目以待吧！

瘸虎邪汉吃完野猪，正躺在谷底睡懒觉，听到毛克利的喊声大吃一惊，翻身跃起，强作镇定地问："谁？谁在大呼小叫？"

毛克利听邪汉答应，继续喊道："邪汉——我是毛克利！你的末日来临了！我马上就要发动进攻了！你做好迎战的准备吧！阿克拉！发动进攻！"

说完，毛克利举起手中的鞭子，在拉玛的背上狠狠抽了一下。拉玛只觉一阵钻心的疼痛，撒开四蹄，向谷底冲去。毛克利骑在牛背上，凌乱的长发飘在脑后，古铜色的脸上露出刚毅的表情，看上去威风凛凛，神圣不可侵犯。

水牛们在毛克利和阿克拉的驱使下，像滔滔的江水，一泻而下，那雄壮的气势让人看了惊心动魄。此时水牛群的情绪激昂，找不出一个恰当的词语来形容，只是让人感觉无论什么野兽胆敢阻挡，定让他死无葬身之地。

毛克利骑在拉玛的背上，冲锋在前。

"呜——呜——"拉玛发出奇怪的吼声，同时，张大鼻孔拼命地呼吸。毛克利心想：拉玛嗅到老虎的味道了！

果然不错，只见拉玛加快步伐，箭一般向前奔去。别的水牛也有同样的反应，紧紧跟在拉玛身后，没命地往前跑。这些平日慢吞吞的水牛，现在好像疯了一样，卷起一团灰尘，向前滚滚而去。

瘸虎邪汉虽然一向横行霸道，为非作歹，可哪里见过这种阵势。况且，刚刚吃完的野猪还在肚子里没有消化，一点儿精神也提不起来，深谷两面的悬崖峭壁十分光滑，爬不上去，慌张之间，只得沿着谷底向下游逃跑。

邪汉跑了没多远，只见灰狼领着一群母牛和小牛，好像铜墙铁壁一样横在前面，吓得他魂飞九霄，目瞪口呆。邪汉摇摇头仰天长叹："完了！完了！中了毛克利的诡计了！"

此刻他心急如焚，因为之前经常袭击水牛，因此知道保护小牛的母牛比公牛更加可怕。于是又回过头来，想从原路逃跑。

这边毛克利率领的公牛队像一阵风似的冲过来。转眼之间，来到邪汉跟前。骑在牛背上的毛克利看见邪汉的四方脸和三角眼，血往上涌，眼中喷出两团怒火，大吼一声，挥鞭在拉玛的背上用力一击，直冲过来。

瘸虎邪汉一看走投无路，狗急跳墙，摆出一副拼命的架势，准备迎战。拉玛疼痛难忍，低下脑袋，伸出利角，"呼"的一声，撞向邪汉。邪汉身子一蜷，腾空而起，向拉玛抓去。

可是水牛拉玛皮坚肉硬，邪汉觉得前爪一阵生疼，抓不进去，只在拉玛身上留下两道浅浅的痕迹。邪汉心中一惊，急忙伸出后腿，钩住拉玛的脖子，张嘴就咬。

说时迟，那时快，邪汉的牙齿快要触到拉玛的身体时，拉玛的脑袋猛地一甩，邪虎硕大的身躯抛了出去，"啪"的一声摔在地上。还没等他爬起来，拉玛的四蹄已踏在他身上。后面的公牛踩着邪汉的身躯汹涌而过，落地的蹄声淹没了邪汉凄厉的惨叫声……

第三十章　虎皮争夺战

邪汉终于死了，尸体静静地躺在谷底。毛克利打算剥下他的皮，垫在会场中首领的座位上。谁知道人类巴尔道却打算抢走虎皮，换一百卢比的奖励。那么虎皮到底归谁了呢？

战斗圆满结束了，毛克利昂首挺胸，站在地上，将披肩长发拢在脑后，用手摸了一把额头的汗珠，脸上露出无限的欣喜。他长长吐了一口气，望着身后的深谷说："阿克拉！灰狼大哥！我们胜利了！走吧，进去瞧瞧！"

两只狼答应一声，跟在毛克利身后，返回深谷。瘸虎邪汉已死去多时，尸体静静地躺在谷底。

"阿克拉！灰狼大哥！别看这家伙平时目空四海，刚才却连还手的能力都没有，这就是他可耻的下场。我曾经多次说过，一定要剥下他的皮，垫在会场中首领的座位上。今天，这个愿望终于实现了。"

说完，他摘下挂在脖子上的匕首，动起手来。普通人类的孩子，绝对不可能剥下瘸虎这么大的虎皮。可毛克利在丛林中生活了十多年，剥下的动物皮不计其数，根本不把这种事情放在眼中。虽然这样，像瘸虎这么大的兽皮要一个人剥下来，也得费一番周折。

阿克拉和灰狼一边喘气，一边看毛克利干活。偶尔，按照毛克利的吩咐，过去提提虎腿或扶扶虎头，帮他干一些简单的工作。

毛克利正聚精会神地剥着虎皮，忽然肩膀被什么撞了一下，站起身来，见巴尔道手持火药枪，站在自己身边。

原来，巴尔道听说毛克利领着水牛跑到丛林中，心中大怒，急匆匆赶来，要教训教训他。可来到跟前，见到毛克利双手沾满鲜血，正在剥虎皮时，吓得浑身发抖。他强作镇定，恶狠狠地责问："哼！小东西，你干什么呢？"

毛克利将匕首在虎皮上蹭了两下，四处一望，不见了阿克拉和灰狼，大概躲到什么地方去了。

"嘿嘿！小笨蛋，你要是剥下虎皮，太阳就从西边出来了。嗯，水牛把老虎踢死了吧？"

巴尔道一边耻笑毛克利，一边低下头，想看个明白。

"啊！这老虎是吃人的那一只啊！"巴尔道惊叫一声，跌坐在地上。

巴尔道始终认为这只老虎身上附有布兰大斯的鬼魂。另外，邪汉经常来村子里伤害小孩和牲畜，给人们的生命和财产带来很大威胁，因此村民悬赏一百卢比来捉拿他。由于以上两个原因，巴尔道又惊又喜，一百卢比啊！一辈子也挣不回来。

"毛克利，你站到一边，我来剥！我不怪你了，而且，你还可以获得一卢比的奖励。"

巴尔道想要老虎皮，花言巧语地哄毛克利。说完，他推开毛克利，打着火石，向虎须烧去。当地的人认为，如果烧掉老虎的胡子，附在他身上的鬼魂就消失了。

"别动！不能烧！"毛克利伸手拦住他说，"老大爷，我不要什么奖金，你也别动我的虎皮，这皮是属于我的！"

"嗨！这小子，在大人面前，一点儿规矩都不懂！老虎凭什么属于你？他是被水牛踢死的。你想骗我吗？胆子不小啊！看到一只死老虎就想据为己有，真是岂有此理。这么说，你一卢比也别想得到，站一边去！"巴尔道强词夺理说。

毛克利没理他，蹲下身子，继续去剥虎皮，嘴里嘟囔着说："哼！老家伙，这么不讲理！嗨！阿克拉！这老家伙要抢我的虎皮！"

"什么？你居然敢骂我老家伙，这么没教养，我要好好教训教训你。"

说着，满脸怒容的巴尔道向毛克利扑过来。忽然他觉得眼前一闪，胸口被猛地一推，四仰八叉摔倒在地。巴尔道定睛一看，一只老狼站在眼前，两只前脚踏在自己的胸口上。

"啊！"他吓得尖叫起来，声音都变了调。巴尔道扭动身子，想爬起来，但使出浑身力气，也挣脱不开。

毛克利心中暗笑，不去理会，低下头接着剥虎皮。

"嗨！巴尔道！这老虎与我为敌十多年了，今天终于分出了高低，虎皮有别的用处，我可不想去换什么奖金。"

巴尔道见老狼并没有伤害自己的意思，心里稍微平息了一点儿，听了毛克利的话，又害怕起来。以前，他认为毛克利只是在丛林中长大而已，并无其他特殊的地方，听说这大老虎与他为敌十多年了，心中当然害怕。

"嗯！看来毛克利不是一般的孩子，连这么凶恶的狼，居然会乖乖地服从他的命令……"

想到这里，巴尔道吓得两眼发直，意识模糊，仿佛眼前站的不是毛克利，而是一只可怕的老虎。嘴唇哆哆嗦嗦地说："大王……大王……"

"哈哈！大王？这个称呼真有意思！"毛克利哈哈大笑，继续自己手中的工作。

"大王！仁慈的大王！饶了我吧！我是一个无知的废物，不该抢你的虎皮，实在对不起，放我走吧！"巴尔道小声央求说。

毛克利听他说得可怜，心中不忍，对他说："这一次饶了你，你走吧！如果你还要欺侮我的话，我会让你吃点苦头的。阿克拉，放开他！"

阿克拉听了，抬起双腿，巴尔道匆匆忙忙爬起身，往前跑去。可一迈腿，便觉疼痛难忍，大概是脚扭伤了，只好挂着火枪，歪歪斜斜地往村里跑去。

巴尔道回到村里，喘了口气，定了定神，放开喉咙大声叫喊："哎哟！我的天哪！毛克利不是凡人，他是妖怪，他是妖怪啊！"

村里的人听了，一个个吓得面如土色。老和尚一脸庄重，用严肃的表情说："我们必须提高警惕，这不是一件小事！"

就在村里的人们窃窃私语时，毛克利费了好大力气，把邪汉的皮完完整整地剥下来。此时，天还没有完全黑下来，远处的天边，映出片片晚霞。

毛克利坐在地上，满意地欣赏着眼前的杰作——邪汉的虎皮。阿克拉和灰狼站在身旁，与他分享着胜利的喜悦。

"总算消灭了敌人！"毛克利长长地吐了一口气说。时间不早了，他必须将水牛赶回去，要不是为了这个，他现在就想将虎皮垫在会场中首领的座位上。

大哥灰狼抬起头，用询问的目光看着毛克利，意思是这张虎皮该怎么办？

毛克利低头想了一会儿说："先放在这里。大哥，请你帮我照看一下。"

灰狼点点头答应了。

毛克利和阿克拉赶着水牛往村里走去。

第三十一章　毛克利重返森林

毛克利原以为帮大家除害，会被当作打虎英雄。他满心欢喜，谁知道却被巴尔道挑拨，被村民当作妖怪。毛克利再次含泪离开，返回森林。回到森林后，毛克利被众狼推举为首领，但是毛克利却有了自己的打算。

刚一进村，就听见急促的钟声，这钟平时不用，遇到紧急情况才会敲响，用来迅速集合村民。毛克利正在惊疑时，看见人们成群结队向他走来，并且用异样的目光看着他和阿克拉。毛克利以为人们把他当作打虎英雄，出来迎接，脸上露出得意扬扬的神色。

没想到，"嗖"的一声，一颗小石头擦着他的头发飞过去。毛克利吓了一跳，还没回过神，许多石头又劈头盖脸打过来。毛克利急忙跳下牛背，抱着脑袋东躲西藏。

"妖怪！丛林中的妖怪！"

"快点滚回丛林，不许进我们的村子！"

村民们的叫骂声响成一片。

"巴尔道，对准妖怪的脑袋开枪吧！打死他！"不知谁喊了一声。

巴尔道举起火枪，瞄准毛克利，"砰"的一声，一头水牛倒在血泊之中。

人们一片惊呼，巴尔道吓得脸色青白，双腿颤抖。要知道，巴尔道是远近闻名的神枪手，百步穿杨，弹无虚发。今天却没有击中目标，岂不是有点邪门？看来，毛克利真的是丛林中的妖怪。

于是，人们对他更加憎恨，大小石头像雨点一样，向他扔去。

毛克利不知是什么缘故，只好飞快地闪动身体，以免被石头击中。同时，口中不停地大声说："喂！停下来！停下来！你们为什么打我？我帮你们杀死了吃人的老虎啊！"

阿克拉看到这种情形，恍然大悟，向毛克利说："毛克利，你还不明白？就像在丛林中时狼排斥你，他们也在排斥你，不让你在村子里住下去。"

"为什么？为什么？我并没有犯错误啊！杀死老虎，是造福于民的好事，他们为什么赶我啊？"

"人和狼有相似之处，虽然你没有犯错误，但有些人仍会讨厌你，打击你，这种情况是经常发生的。"老狼阿克拉若有所思地说。

毛克利听了，低下头细细地品味其中的含义。这时，人们停下攻击，老和尚战战兢兢地向前走来，还没到毛克利跟前，就站住了，装模作样地咳嗽了一声，色厉内荏地说："丛林中的妖怪，你走吧！"

说完，举起禅杖，口中叽里咕噜地念起咒语，双手乱舞，身子不停地扭动，做出奇怪的模样，可能是驱除妖怪呢！

毛克利两眼发直，呆呆地看着老和尚的表演，一阵阵悲伤涌上心头，眼睛一酸，两行热泪沿着脸颊滚落在地上。

"唉！我真不幸，刚刚从丛林中被赶出来，现在人们又不要我了……阿克拉，我们一起走吧！"

毛克利泪流满面，神情沮丧，就要转身走开。这时，一个穿白衣服的女人快步朝他走过来，紧紧地搂住他，哽咽着说："毛克利，人们都认为你是丛林中的妖怪，可以随心所欲变成豹、虎之类的野兽。我不相信他们，但没能力保护你，你走吧，这里很危险……你当初来到村里时，我把你当成亲生儿子纳都，内心的喜悦无法形容……"

这个女人是美修娃，她用袖子擦擦眼泪接着说："后来，经过仔细观察，我发现你并不是被老虎抢走的纳都。即使这样，我仍非常疼爱你，愿意将你当成亲生骨肉，把你培养成优秀的人才。但村子里的人们不同意，认为你是一个妖怪，会给这里带来灾难……为安全起见，你还是离开这儿吧！"

美修娃说完，失声痛哭，毛克利的眼泪也"哗哗"地流个不停。

"我以为这次找到了亲生父母，全家人终于团聚了。可美修娃说不是这样的，那么，我的母亲在什么地方呢？不管怎么说，她是一位善良而仁慈的母亲，我只能听她的话，尽快离开这里。但是，哪儿是我的容身之处呢？还是回丛林吧！"

人们见美修娃与毛克利拉拉扯扯，怕她中了毛克利的妖术，大声叫嚷："美修娃，不要受他的蒙骗！"

"不要犹豫……快回来吧……我们要打他了！"

见美修娃仍不回来，人们又开始扔石头。毛克利一不留神，被打在嘴角上，他正要发作，看见身旁悲痛欲绝的美修娃，强压心中怒火，吐出口中的血水说："妈妈，不要哭了，快点回去吧。我要回丛林中去生活，我一辈子也不会忘记你的恩情，你回去吧，或许我们还有见面的机会。"毛克利哭得像个泪人一样。

此时，人们吵成一团，一个个张牙舞爪，跃跃欲试，好像要发动更加猛烈的攻击。

毛克利见势不妙，急忙将美修娃推走，皱着眉头抽噎着说："妈妈，小心石头！再见了！"

美修娃三步一回头，恋恋不舍地走开了。毛克利眼中喷出怒火，向阿克拉说："阿克拉！让他们尝尝厉害！"

阿克拉早就按捺不住了，毛克利的话音刚落，他就跑到水牛群中，上蹿下跳，驱赶起来。水牛们像发疯一样朝前冲去。

"哎呀！不好了！快跑吧！"村民们吓得抱头鼠窜。

毛克利见状，胸中的怒气消了不少，提高声音说："从今以后，你们不许欺侮美修娃，否则的话，我定要领来狼群教训你们。"

　　毛克利说完，与阿克拉向村外的树林走去。

　　树林中，灰狼大哥原地不动，看护着虎皮，他听见了村子那边的吵闹声和枪声，不知发生了什么事。此时，他正露出焦急的目光，翘首等待，看见毛克利和阿克拉平安无事地回来，高兴得跳起来，跑过去拉住毛克利的手。

　　毛克利将虎皮扛在肩上，领着灰狼和阿克拉朝丛林中走去。

　　一轮明月挂在天上，银色的月光洒满大地。天空中的星星闪烁不定，好像是与人们眨眼睛呢。微风吹过，一阵凉意袭遍全身。

　　"好舒服啊！"毛克利长长地吐出一口胸中的闷气。

　　第二天凌晨，毛克利他们回到了西奥尼山。

　　母狼拉克夏年龄大了，加上心中牵挂毛克利，看上去苍老多了，她领着三只小狼，紧紧地围在毛克利身边，激动得说不出话来。她看见毛克利肩上扛着虎皮，又惊又喜，用询问的目光看着毛克利。

　　"妈妈，我终于铲除了邪汉，剥了他的虎皮。可人们又把我驱逐出来。"毛克利说着，露出无奈的表情。

　　"嗯！好孩子，你终于消灭了仇人。不管人们喜欢不喜欢你，这里永远是你的家，今后再也不要离开了！"母狼眼中含泪，温柔地说，"你小的时候，我就警告过邪汉，这孩子长大后不会放过你。真的被我说中了。你看看，作威作福、趾高气扬的瘸虎邪汉，竟落得如此下场，善有善报，恶有恶报啊！"

　　"妈妈，我说过，我要将这张虎皮垫在会场中首领的座位上。"

　　毛克利刚要出去，黑豹巴希拉跳进来。他看着虎皮激动地说："毛克利，了不起！他终于死在你的手下了！"他们又聊了一会儿，毛克利扛着虎皮，兴高采烈地来到会场。

　　毛克利把虎皮垫在座位上，用绳子捆牢，回过头来说："阿克拉，你是狼族的首领，坐上去吧！"

阿克拉有点不好意思，犹豫不决。

毛克利与其他狼再三邀请，他才坐上去。然后仰天发出三声长嗥，通知狼们立即前来参加会议。

狼们接二连三从四面八方跑过来，在会场中坐下。

阿克拉因中了邪汉的圈套，上次捕猎时被野牛踢伤，被一些年幼无知的狼从首领的座位赶下来。

此后，狼族群龙无首，四分五裂，拉帮结派，自相残杀。一些狼们目无组织，目无纪律，将丛林中的礼节抛到脑后，为非作歹，不成体统。在这样的局势下，谁还有心思参加每月的大会。因此，会场中杂草丛生，脏乱不堪，一片荒凉。

因没有领导核心，狼们毫无战斗力可言，在抓捕猎物或互相斗殴的过程中，无一不留下或大或小的伤痕，有的甚至丢了性命。

他们来到会场，看见阿克拉威严地坐在首领座位上，吓了一跳，又看到座位上垫着邪汉的虎皮，心中更加恐慌。

毛克利大踏步走到阿克拉身旁，像一棵挺拔的松树站在那儿，将披肩长发甩在脑后，用锐利的目光扫视一下全场，慷慨激昂地说："丛林中团结、正义的狼族！亲爱的朋友们！瘸虎邪汉素来与我有深仇大恨，准备埋伏在村子旁将我干掉。可那愚蠢的家伙不知是嘴馋的缘故，还是骄傲自满的缘故，在偷袭我之前竟然吞下一头又肥又胖的野猪，还未行动就躺在深谷底下睡着了。我获得这个情报后，立即组织水牛，发动进攻。

"邪汉哪儿经过这种阵势，被杀得只有招架之功，并无还手之力，顷刻之间，命丧黄泉。我挥动这把锋利的匕首，剥下可耻的虎皮，将他垫在狼族首领的座位上。

"兄弟们！瘸虎邪汉耀武扬威，目中无人，阴险毒辣，罪有应得！我虽然杀死老虎，为民除害，但村子里的人认为我是妖怪，将我驱逐出来。于是我又投入丛林的怀抱，这儿是我温暖的家，我将永远居住在这里！"

说到这里，毛克利抑制不住内心的激动，眼泪滚滚而下。

坐在下面的狼们，虽然没有亲眼看见毛克利与邪汉激战的场面，但也能想象到当时是如何的惊心动魄。他们一个个听得全神贯注，心灵受到极大的震撼。同时，他们又十分同情毛克利的不幸经历，脸上流露出悲伤的神情。

这时，一只老狼站起身来，走到毛克利跟前，诚恳地说："毛克利，我们错了，不该轻信邪汉的甜言蜜语，将阿克拉赶下台来，你原谅我们吧！让阿克拉重新当我们的首领。今后我们一定改邪归正，严格遵守丛林中的各种制度，共同维护丛林中的正义与和平。"

"原谅我们吧！我们现在认清了邪汉的恶劣本质。"

"阿克拉，我们赞成你当首领，一切听从你指挥！"

"可恶的瘸虎，竟敢花言巧语蒙骗我们！"

狼们齐声拥护毛克利和阿克拉，但一碰到他俩的目光就低下头，显然是心中惭愧。

只见黑豹巴希拉"呼"的一声跳出来，大声说："你们这些狼意志不坚定，现在尝到了苦头，才来拥护阿克拉，如果他不能带领你们过上舒服的日子，你们恐怕又要作乱犯上了。要知道正义与和平不是凭空话就能维护的，他需要用实际行动去争取、去追求。还有，在我们争取自由的时候，不能伤害别人的利益，同时，我们的内部矛盾要靠自己解决，决不允许外人干涉。"

黑豹巴希拉的话字字切中要害，句句一针见血。

年幼无知的狼们听了，更觉内疚，一个个面红耳赤，羞愧难当。

毛克利看着眼前的情景，低头沉思了好大一会儿，抬起头来，脸色凝重，冷漠地说："我已被你们驱赶出去，而后又为人类所不容。我想好了，我应该远离你们，一个人去创造自己的天地。"

说完，毛克利向会场的狼们挥挥手，头也不回，转身离去。

"等等我们！我们与你一起走！"毛克利的四个狼兄弟说。

毛克利禁不住心中发热，眼睛一酸，两颗泪珠掉下来，滴在悬挂于胸前的匕首上，在阳光的照耀下发出晶莹的光芒。

会场中留下来的动物全体起立，神情肃穆，望着一人四狼远去的背影。

第三十二章　毛克利的苦恼

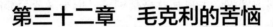

　　毛克利返回丛林，和丛林里的家人说起了人类的生活。提到美修娃妈妈，毛克利心酸不已，内心不舍。除了妈妈，人类对毛克利的偏见和执着都让毛克利感到憎恨，尤其是猎人巴尔道，因为他正鼓动村民来偷袭狼群。

　　微风轻拂，枝叶摇曳。鲜红的太阳从山边露出笑脸，虽是早晨时分，仍能感觉到它那热辣辣的光芒。

　　瘸虎邪汉的皮，垫在会场中首领的座位上，在阳光的照射下格外绚烂，它是不是在向别的动物诉说着什么呢？

　　毛克利美美地睡了一觉。他现在精力充沛，坐在狼洞前讲述恶斗邪汉的故事，还有村子里的奇闻怪事。听众有公狼、母狼、四只狼兄弟、黑豹巴希拉、棕熊伯鲁、狼族首领阿克拉。

　　他们对有关人类的故事，没有多大兴趣，听了也没有什么反应。而黑豹巴希拉不同，他曾经在人类中生活了好长时间，因此比较关心，当毛克利讲到精彩之处，他总要高兴地点点头。

　　公狼对人类一直存有敌意，说："人是一种捉摸不透的动物，无论如何，我都反感他们。"

　　母狼则关切地问："毛克利，你在村子里住了那么长时间，他们没把你怎么样吧？"

"刚开始的时候，有几个调皮的小孩捉弄我，后来见我体格健壮，都不敢轻举妄动。倒是老猎人巴尔道挺烦人的，还想抢邪汉的皮去领奖金。"

一说到瘸虎邪汉，毛克利就来精神了，似乎又要与邪汉激战，脸绷得紧紧的，双手紧握成拳头，神态威猛。

动物们都愿意听战斗的情节，听得入了迷。棕熊伯鲁一边听，一边横眉怒目，好像正与邪汉搏斗似的。伯鲁日见苍老，牙齿松动，视力下降，平时躺在家里，不在外边活动，今天心中高兴，出来听毛克利讲故事。

向来少言寡语的公狼指着毛克利挂在胸前的匕首说："你们瞧瞧，邪汉的皮是毛克利用这个家伙剥下的。"

毛克利将匕首从脖子摘下来，来回挥舞，发出刺眼的光芒。

"嗨！比牙齿还锋利呢！"

"可不是吗？如果被它刺上，那可了不得！"

公狼自豪地说："毛克利，拥有这个东西，你就是丛林中真正的英雄！"

毛克利脸色一沉，一本正经地说："这匕首虽然锋利可怕，但对付不了劲敌。如果对方人多势众或者特别凶猛，就得靠智慧和集体的力量才能成功。这次消灭邪汉，水牛起到了不可低估的作用。我独自还没有那么大本领。因为棕熊伯鲁和黑豹巴希拉经常指点，我才能想出那个作战方案。即使这样，没有阿克拉和灰狼哥哥的倾力相助，也不可能将邪汉置于死地。铲除邪汉，归功于大家。在此，我谢谢你们了！"

毛克利胸怀宽广，一席话不亢不卑，在座的听了，无不肃然起敬。

母狼看毛克利小小年纪，竟有如此胸怀，心中暗喜。邪汉虎皮的腥味随风吹来，闻在鼻中，更觉心中踏实，有说不出的舒服。

是啊！毛克利还在蹒跚学步时，邪汉就对他垂涎三尺，怎能不让人担忧？这下可好了，邪汉的皮成了阿克拉的坐垫，母狼就可以高枕无忧了。忽然，她看见毛克利的嘴角渗出一丝鲜血，心中一惊，急忙问道："毛克利，你的嘴怎么了，是不是受伤了？"

毛克利吐了一口唾沫，用手擦擦嘴角，满不在乎地说："没什么，是点小伤。村里的人赶我时，用石头打的。"

母狼瞪着眼睛说："这么说，他们竟敢打你？人的确是歹毒无耻的家伙，他们靠人多势众，欺压这么小的孩子……等着吧，毛克利，我决不会放过他们！一定找他们算账！"

母狼拉克夏露出了凶悍的本相，在场的动物都感到一丝寒意，因为他们知道，母狼一旦发起脾气，比公狼还要凶猛三分。

"喂，不要发火了，事情已经过去，不要再提了，而且只是点小伤，我们不与那些没骨气的家伙计较。"

公狼心性磊落，怪不得在狼群中有很高的威望。他不愿意为一些鸡毛蒜皮的小事，与人反目成仇。

"嗯，说得有道理，没有必要去和他们斗气。"黑豹巴希拉佩服公狼的大度。

忠厚的棕熊伯鲁也在一旁劝解母狼拉克夏，让她放弃复仇的计划。

"哼！不管你们怎么说，毛克利挨打的事，我会铭记在心。有朝一日，非教训他们一顿……让他们明白，随便欺侮狼的孩子是要付出代价的。那个悉心照顾毛克利的妇女当然不在报复范围之内。"

母狼的怒火渐渐平息了，轻声问："毛克利，那位妇女非常喜欢你，是不是？"

毛克利点头应了一声，泪水涌了出来。毛克利心中默默念道："美修娃，我亲爱的妈妈，虽然你说过，我不是你的亲生骨肉，但在心中，我仍将你当作慈爱的母亲。若有机会，我一定会报答你的大恩大德……"

阿克拉一直愁眉不展，好像有什么心事一样，好几次欲言又止，现在终于开了口："我们不能粗心大意，我总觉得，村民们还会对毛克利采取不利行动！"

"噢？你为什么会产生这种念头呢？"黑豹巴希拉问。

"是这样的，那天将邪汉杀死，剥了他的皮回来后，我心中不踏实，担心村里的人在后面尾随。因此，我又沿着原路回去，将走路时留下的痕迹弄平，又在附近疯跑了一阵，使他们看不出我们的踪迹。

"树上的蝙蝠满克不明白我在干什么，我将心中的担心与他说了。满克立即提醒我要小心防备，村子里的大'红花'到处盛开，人们都持着尖锐的武器，看样子要参加什么战斗。其中有个男人气势汹汹，叫声最高，手持一根'棍子'，指手画脚的，不好对付哩。"

"那家伙就是巴尔道，蝙蝠满克说的"棍子"其实是一支火枪。"毛克利十分肯定地说。

阿克拉接着又说："蝙蝠满克诚实可靠，他说的我认为是事实。因此，我们不能粗心大意，应该尽早想好对策。"

黑豹巴希拉点头称是。

阿克拉继续说："人类经常在黑夜采取行动。可能他们已经隐蔽在丛林外边了。今天晚上，我们一定要提高警惕。"

毛克利不同意阿克拉的看法，迷惑不解地问："我已经不在村子里生活了，他们还追到丛林干什么？难道真的要赶尽杀绝吗？"

公狼接着说："那有什么不可能的，我早说过，人类是一种捉摸不透的动物。"

阿克拉打量着毛克利说："毛克利，你应该对人类有一定的了解，因为你和他们是同一个种族呀！"

话音刚落，毛克利满面怒容，举起匕首向阿克拉刺去。

阿克拉久经沙场，虽然上了岁数，但动作快如闪电，矫捷的身体"嗖"的一声跳到一旁，毛克利的匕首落空了。

毛克利将匕首挂在脖子上，怒气未消，说："这回放过你，以后要是还将我与他们混在一起，可别怪我不客气！"

言语之间，可见他对人类是多么讨厌。

"哟！这么凶！可是你这次回到丛林，动作不如以前灵敏了，我看你独自捕不到猎物了。"

"你不用担心，要说捕食物，你不如我啊！"毛克利说着，伸手抚摸阿克拉的肩膀，十多年的交情哪儿能一下断绝呢？

这时，只见黑豹巴希拉"呼"的一声跳起来，双眼圆瞪，警惕地注视着前方。

灰狼鼻子不停地一张一合，迎着风向嗅了起来。

阿克拉"唰唰"几个起落，藏在一棵大树后，作出攻击的姿势。

毛克利移动着脑袋使劲用鼻子呼吸。他的嗅觉本来就比不上狼和豹，况且在村子里又染上人间烟火，因此没闻到什么特殊的气味儿。他悄悄地来到阿克拉跟前，探头往前一看：啊！是猎人巴尔道！

第三十三章　歹毒的巴尔道

猎人巴尔道因为虎皮的事情耿耿于怀，他打算找毛克利算账。巴尔道如何和同村人解释他的所作所为呢？毛克利在巴尔道的话里听到什么消息，让他突然愤怒无比？

毛克利压低声音对阿克拉说："真的被你料中了，那家伙手里拿的就是火枪！"

此时，棕熊伯鲁、黑豹巴希拉、灰狼他们，已悄无声息地移到大树下。猎人巴尔道走几步就停下来四周望一望，好像不认识路一样。

"嗯，这家伙被我专门留下的爪印搞糊涂了。"阿克拉得意扬扬地说。

毛克利朝前盯了一会儿，说："巴尔道身边没有别人，我去探探他的来意。"

说完，毛克利向他们挥挥手，朝前跑去。

"毛克利一个人不安全，我们在后边保护他。"黑豹巴希拉生怕毛克利有个闪失，号召大家说。

毛克利在丛林中生活了十来年，对这里的地形了如指掌，钻草丛、拨树枝，片刻之间就来到离巴尔道不远的地方，在一棵大树后藏好，伸出头小心观望。

巴尔道挂着火枪，站在那儿东张西望，嘴里不住嘟囔："哪儿来这么多爪印，让人分不清东南西北……什么时候才能找到路呢？这个小浑蛋，我非得抓住他，否则的话，我的脸往哪儿搁呢？"

"他说自己分不清东南西北，还想抓住我呢！"

"咦！那家伙干什么呢？将一团白气吸进去，再吐出来。难怪都说人是一种空虚的动物，经常做一些毫无意义的傻事，而且还自以为是，看不起别的动物呢！"棕熊伯鲁将巴尔道批判了一顿。

"是呀！真没意思！嘿嘿！"灰狼附和着说。

巴尔道听觉迟钝，根本听不到他们的议论。他只顾大口大口将烟吸进去，然后再长长地吐出来。不一会儿，烟味就传到毛克利他们藏身的大树下。动物们快速呼吸，仔细品尝、辨别烟味儿，以便下次碰到人类，能立刻闻出来。

正在这时，从山上走下四五个人，到了跟前，巴尔道认出是本村的人，他们长年在山中烧木炭。

"喂，你们有什么事？"巴尔道与他们打招呼。

"我们带上山的粮食吃完了，再回去取一点儿。村子里边还好吧？"

"还好？大事不好了！村里出现了一个妖怪！"

"啊！出现了妖怪？怎么会发生这样的事呢？"

"嗯，是这样的，布兰大斯死后，他的鬼魂附在那只大老虎身上，扰得我们四邻不安。生气之下，我一枪就将他打死了，连第二枪都没用。"

村子里只有巴尔道一个猎人，十几年前，他猎获了很多野兽，人们对他十分尊敬。村里举办各种宴请时，都要请他参加，时间一长，他就骄傲起来。

这几个烧炭的人是最低一等的体力劳动者，巴尔道哪儿能将他们放在眼里，此刻他大吹大擂："击毙老虎后，我正要剥他的皮，忽然跑来一个浑身上下没穿衣服的小孩，甜甜地称我'伯伯'，我高兴地应了一声，开始剥虎皮，小孩站在一旁观看，我也没去理会。剥了一会儿，我猛一抬头，看见小孩不知使了什么妖术，一眨眼，变成一只凶恶的狼，龇牙咧嘴冲上来。”

“啊！这小孩原来是妖怪！”

“嗯，不错，是个妖怪。于是我与他展开激战。妖怪还真有些本领，要不是我威猛无比，谁胜谁负实难预料。最后那家伙招架不住，跑到村口，又变回小孩的模样。

“我开了一枪，妖怪使出法术将子弹移到水牛身上，村里的人吓得魂飞魄散。妖怪虽然逃了，恐怕还要继续捣乱，人们都提心吊胆，夜不能寐。”

“可是，有什么对策吗？”

“众所周知，我的枪法堪称一绝，百发百中。在全体村民的极力邀请下，也出于对大家利益的考虑，我就深入虎穴，孤身一人到这里来搜查妖怪。”

巴尔道吹得天花乱坠，差点儿笑掉毛克利的大牙，可是不明真相的烧炭者，却对他佩服得五体投地。

说到这里，老猎人巴尔道停下来，抽了一口烟，这是他的惯例，然后继续说：“你们记得吗？这个妖怪就是纳都，美修娃的儿子。十年前他被老虎叼走，现在变成妖怪了。老虎当时并没有吃他，而是将他抚养成人。他为了给邪汉报仇，就变成恶狼与我搏斗，而且用妖术将我的水牛害死。因此，大伙抓住美修娃和她丈夫，锁在小房里，严刑拷打，逼他们认罪，只要承认是妖怪的家长，就判处他们火刑。”

“嗯，我们快点走吧，迟了就看不上执行火刑的场面了。”

巴尔道说：“别忙，现在还不到执行的时候，等我捉住妖怪后，要一起执行呢！喂，你们见过妖怪吗？”

“没见过。我们趁天没黑快点回去，否则，遇上妖怪就麻烦了。再见，巴尔道！祝你马到成功，铲除妖怪。”

“等一下，你们手无寸铁，路上不安全，我送送你们。”

“太谢谢你了，巴尔道。有你这么武艺高强的神枪手陪伴我们，路上就万无一失了。”

"不客气，降伏妖怪是我的拿手好戏，只要他胆敢侵犯，我一枪就送他上西天。"

棕熊伯鲁、黑豹巴希拉以及狼们见毛克利脸色惨白，眼里充满泪水，不知巴尔道说了些什么，一个个惊慌失措，围在毛克利身边问："那家伙说什么了，与你有关系吗？"

毛克利原原本本将巴尔道的话复述了一遍。

黑豹巴希拉脾气暴躁，张大嘴巴，浑身的毛倒竖起来，眼露凶光。

毛克利想了一会儿说："我立即出发，去救美修娃，你们帮我将巴尔道截住。他回不去，美修娃就没有危险。"

"嗨！伯鲁，他一个人去，我不放心，不如我俩一起去，可能对他有帮助。"黑豹巴希拉用请求的目光看着伯鲁说。

"哎，不用，不用！我一个人足够了。巴希拉，你与他们留在这儿，拦截巴尔道，太阳落山后，到那片树林会合。灰狼大哥，你领着他们……再见！"

毛克利说完，闪电般跑了，转眼间，不见了身影。

"我们也开始行动！你们从前面和右面包抄，棕熊伯鲁切断他的后路，我从左路行动，听到我的吼声，大家一齐动手。"黑豹巴希拉下达了命令，"嗖"的一声朝前蹿去。其他动物也开始各自行动。

不到一顿饭工夫，从左方传来一声怒吼："哇呀呀——哇呀呀——"

黑豹巴希拉发出了讯号。紧接着，棕熊伯鲁，灰狼兄弟都发出震天的怒吼。熊、豹、狼的吼声此起彼伏，延绵不绝，既如波涛怒吼，又似雷声轰鸣，震撼丛林，响彻九霄。

几个烧炭的人肝胆俱裂，魂飞魄散；巴尔道想用枪射击，却不知该对准哪个方向。实际上，即使野兽站在跟前，他也不可能击中，因为他的手抖得几乎连枪都握不住。

恰好身边有一棵大树，几个烧炭的人和巴尔道手忙脚乱地爬上去，哆嗦嘴唇祈求上帝保佑。

第三十四章　毛克利救美修娃

因为毛克利，美修娃和丈夫被关了起来，并要被烧死。巴尔道逃出来回到村里，蛊惑村民对森林中狼族产生仇恨。美修娃和丈夫能免于不幸吗？

毛克利一边跑，一边咬牙切齿地说道："好歹毒的人类，等救出美修娃，一定让你们吃点苦头……我必须赶在巴尔道前面，不然的话，后果不堪设想。"

一会儿，毛克利跑到一个山冈上，用手拢拢湿漉漉的头发，定了定气，放眼望去。只见村庄周围青山隐隐，绿水悠悠，几缕炊烟升起，在房屋上空缭绕不绝，好一幅乡村美景图。

三个月前，美修娃在村口收留了他，而现在，他要救出美修娃。年年岁岁村相似，岁岁年年事不同。

毛克利感叹一番，跑下山岗，偷偷地跑进村子，来到会场旁，躲进草丛中向里张望。会场中人群熙攘，吵成一片。几个年轻力壮的小伙子七手八脚，将许多柴草堆在中间。

"哎呀，行刑在即，'红花'盛开，事不宜迟，我得赶紧行动！"毛克利这样想着，爬出草丛，来到美修娃屋子的旁边，蜷缩在一个角落里，紧紧盯着门口。

美修娃家的大门口，三四个彪形大汉手持大刀，来回走动。

毛克利看前门防守严密，蹑手蹑脚地绕到房后，从窗户朝里一看，美修娃和她丈夫被五花大绑，躺在地上，口中塞着毛巾，想叫喊也发不出声音。

　　"时间紧迫，巴尔道回来就坏事了，我必须争分夺秒，立即救人！"

　　毛克利"嗖"的一声爬上窗口，"腾"的一声跳到地下，摘下胸前的匕首，飞快地割断他们身上的绳索，取下塞在口中的毛巾。这一串动作快如闪电，干净利索。

　　美修娃正要惊叫，被毛克利捂住嘴巴。美修娃扑在毛克利身上，哽咽着说："你终于来了，我知道你会来救我！"

　　毛克利轻轻按着她的肩膀，感到她的身上非常热，同时剧烈地抖动。瞬时，一股微麻的感觉传遍毛克利全身。两人喜极而泣，沉浸在别后重逢的喜悦之中。

　　直到现在，毛克利也不知道美修娃是不是他的亲生母亲，但他心中深深爱着她。因此，得知她处境危险后，毛克利奋不顾身地跑来了。

　　"孩子，你不是毛克利，你是我亲生儿子纳都，我心里有这种感应，在这生死关头，你居然赶来救我，一定是我的亲骨肉。以前说不是你的亲生母亲，是不符合事实的。"

　　毛克利听了，十分感动，禁不住抽噎着叫了一声"妈妈"。

　　忽然，毛克利的脑中出现了母狼的身影，十多年的往事历历在目，一阵阵温暖涌上心头，仿佛又置身于丛林之中，耳边响起母狼深情的呼唤："毛克利，回来吧，你是狼群中的一员，丛林永远是你温暖的家！"

　　然而，眼前的美修娃对他如此关心，他又怎么舍得离开。丛林中的母狼，人类中的美修娃，该选择哪一方，何去何从呢？毛克利陷入痛苦的矛盾之中。

　　美修娃的丈夫向来少言寡语，这时也气愤难平，咬牙切齿地说：

"这些家伙说我们家生下了妖怪，要判处我们以火刑，你看看……"说着，用手指指捆绑他们的绳子。

看着被打得遍体鳞伤的美修娃夫妇，毛克利横眉怒目，愤愤地说："全村人都这样认为吗？我一定要替你们出这口气！"

"是呀！人们都同意将我们烧死。"

毛克利低头想了想说："这里非常危险，不宜久留，你们快收拾一下，逃命去吧！"

美修娃紧锁着眉头说："我们对丛林的地形不熟悉，这几天被打得皮开肉绽，浑身没一点儿力气，一定会被他们追上。再说，丛林中到处都是凶猛的野兽，哪儿能保住性命。"

"放心吧，有我保护，丛林中的野兽不敢伤害你们。抓紧时间，马上离开。不要弄出声音，大门外有几个彪形大汉。"

这时，会场上的吵闹声更大了，他们三个人听得清清楚楚。

"你们赶紧收拾，我去打探打探，可能是巴尔道回来了！"

说完，毛克利矫健的身体跳出窗外，迅速跑到会场附近，趴在草丛中向里望去。大树下人们围成一团，巴尔道躺在中间，哼哼呀呀叫个不停。

"我追到丛林中，将妖怪杀死了。回来时遭到许多妖怪的袭击，为了保护几个烧炭的人，我奋勇冲杀，将妖怪打得落花流水，可自己也受了重伤。"

人们仔细一看，见巴尔道浑身鲜血淋漓，一个个吓得目瞪口呆。实际上，那些伤口是巴尔道爬树时，由于慌张擦破的，只是些皮外小伤，根本不值得大惊小怪。

巴尔道动身时趾高气扬，吹牛说降伏妖怪不费吹灰之力，此时却遍体鳞伤。但他死要面子，胡说八道，哄骗村民。

毛克利听了，差点儿笑破肚皮："嘿嘿！这老东西一派胡言。真不明白，人们为什么要抬高自己呢？与丛林中的猴子一样的德行。我不想听了，回去救人要紧。"

到了美修娃的大门口一看，几个彪形大汉不见了影子，也许都跑到会场去了。毛克利心中暗喜，飞快地跑到后边，正准备从窗户往里跳，脚面触到一个软乎乎的东西。

"啊！妈妈，你怎么知道我在这儿？"

十多年了，毛克利与母狼朝夕相处，情同母子，仅凭感觉就知道是母狼舔他。

"我想见见美修娃。我在半路上遇到黑豹巴希拉和灰狼，他们告诉我人们要烧死她，现在怎么样了？"

"还没有处死，她现在正在屋里收拾东西，准备逃跑。"

"嗯。这就好。我来护送她，别看我岁数不小了，护送他们夫妻还是绰绰有余。"

说完，母狼趴上窗户向屋里望了一会儿，然后对毛克利说："毛克利，我想起一件事，早晨阿克拉说你与人是同一个种族时，你很生气，实际上，阿克拉说的有道理，你不可能在丛林中生活一辈子。我觉得，美修娃和你之间有一条无形的纽带，将来你恐怕还得回到人类中去。"

母狼说着，耷拉着脑袋，双眼噙满泪水，充满慈爱地注视着毛克利。

"妈妈！不要说了！我不会离开丛林，更不会离开你。你知道，我对人类十分反感，美修娃在困难时收留了我，况且她因为受到我的连累，才要被处死。丛林中也讲恩怨分明，现在她有难了，我不能袖手旁观，救她是为了报答她的恩情，并不是要回到人类的社会。你不要伤心了，我得马上进去，要是被别人发现了，后果不堪设想……你先隐藏起来，否则，她看见了，还以为你要吃她呢。"

母狼一声不吭，躲到一个黑暗的角落。

毛克利翻身上窗，跳到房里，急忙催促美修娃："巴尔道正在会场大吹大擂，抓紧时间，快点收拾……你们想好了没有，准备躲到什么地方呢？"

　　"离这儿五十里外有个卡尼瓦拉镇，那里是英国人的天下，听说那儿法律健全，制度完善，英国人会保护我们的。"

　　"行，我在这里截住村民，你们立即出发。"

　　不一会儿，美修娃和她丈夫收拾停当，在毛克利的帮助下跳出窗外。

　　毛克利拉住美修娃的手，恋恋不舍地说："你们上路吧，我要拦截村民，不能陪你们同行。我已经安排丛林中的野兽护送你们，听到他们的吼叫不用惊慌。"

　　美修娃心潮起伏，泪流满面，抱着毛克利久久不肯松手，她的丈夫神情黯然，站在一旁。

　　"纳都，我的孩子，你是人类的孩子，不能长久居住在丛林中，希望你尽快回到我的身边。"

　　美修娃的丈夫望望院子，恨恨地说："可怜我十几年的心血，才建立起这份家业，现在就要毁于一旦。我咽不下这口气，去了卡尼瓦拉，一定要起诉他们，让政府帮我讨回公道。"

　　毛克利用神秘的口气说："不要伤心，等你下次回来。这里一定是另外的模样，我会让你们大吃一惊。"

　　毛克利的话莫名其妙，美修娃与丈夫听了疑惑不解，但时间紧迫，来不及细问。

　　送走美修娃和她丈夫，毛克利招了招手，母狼从角落里钻出来。

　　"妈妈，美修娃和她丈夫要去卡尼瓦拉，请你暗中护送。见了黑豹巴希拉，让他快点来，这里有一个任务需要他完成。"

　　母狼点点头，追随美修娃而去，转眼间，消失在黑暗之中。

第三十五章　黑豹的威胁

两个妈妈，一个是人类的母亲，一个是抚养自己成长的母狼，这让毛克利无法取舍。村民闯进了美修娃家里，想要烧死他们，但是他们却发现房间里美修娃夫妇不见了，却有一个黑黑的"东西"躺在床上，让人好奇，是什么呢？

　　毛克利呆呆地望着母狼远去的身影，长长地叹了一口气。唉，人生难料，聚散匆匆，又是一次生离死别，亲爱的美修娃，不知何日才能与你重逢。而母狼妈妈暗中护送我人类的母亲，这岂不是一种机缘？她们都把我当作自己的亲生骨肉，在我身上倾注了伟大的、无私的母爱，可我只能与一个生活在一起，我该选择谁呢？我又能舍得谁呢？这扯不断、挥不去的情啊！

　　毛克利想着想着，眼泪夺眶而出……

　　"呼"的一声，黑豹巴希拉跳过来，打断毛克利的思绪。

　　"巴希拉，这么快就来了？你们干得不错，巴尔道都快被你们吓死了。大哥灰狼他们在什么地方？我想让你们拦住村民，不让他们追赶美修娃。"

　　"这还不容易？我一个人就可以办到，不用他们帮忙。喂，毛克利，自从逃出吴芝波尔王宫，我一直生活在丛林中，好长时间没与人接触过。这几天闻到人味儿，馋得直流口水，我真想杀个人尝尝！"

说到这里，黑豹巴希拉大吼一声，腾空而起。豹眼圆睁，皮毛倒竖，张牙舞爪，好可怕。

"巴希拉，不许胡来！"毛克利用人类的语言大声喝骂，黑豹巴希拉听不懂他的话，抬头一看，见毛克利目光如电，急忙低下头。

"巴希拉，丛林中的制度明确规定，一般情况下，不可伤害人类，难道你忘了吗？"

黑豹巴希拉听了毛克利的教训，吓得不敢作声，过了好长时间，才吞吞吐吐地说："毛克利，原谅我吧，人味儿太诱人了。我一时冲动，控制不住自己，以后再也不敢了。"

"行了，以后记住就行了。我虽然对人类非常反感，但还没有反感到杀害他们的地步，只想让他们吃点苦头，灭灭他们的威风就行了。今天晚上，为了防止他们去追赶美修娃，必须牢牢看住他们。巴尔道的胡言乱语也许结束了，我想人们此时要到美修娃家里去，他们并不知道美修娃已经逃走了。"

"毛克利，我们现在就去，藏进家中，抓美修娃的人们去了，我就跳出来，把他们吓个魂飞天外！"

听到黑豹巴希拉的办法，毛克利高兴地拍着手说："真有意思！真有意思！"

黑豹巴希拉与毛克利商议妥当，一起来到美修娃屋后的窗口下，巴希拉"呼"的一声跳进去，用鼻子左闻闻，右嗅嗅。看见屋里有一张大床，就跳上去躺在那里，扭过头来对趴在窗口上的毛克利说："喂！毛克利，这个地方软绵绵的，挺舒服，你也进来睡一会儿，看我怎样捉弄他们。"

"我不想看到那些讨厌的家伙，况且我露面对美修娃没好处，你自己表演吧。哦，好像有人朝这边走来了，我先躲一躲。"说完，毛克利飞快地跳下窗台，藏在附近的草丛中。

林中的男女老少手持武器，前呼后拥，杀气腾腾，直奔美修娃家中而来。老和尚与巴尔道一马当先，冲锋在前。

转眼之间，队伍来到美修娃门前。五六个身材高大的青年肩撞脚踢，砸烂了紧闭的大门，人们手持火把，潮水般涌了进去。

啊！刚才还气势汹汹、叫喊连天的人们一下子惊呆了。只见床上躺着身躯庞大的黑豹，一身乌黑的皮毛在火把的照耀下格外醒目。

人们做梦也没想到会出现这样的情景，一个个吓得脸色苍白，浑身发抖，想赶快逃命，但双腿不听使唤。

黑豹巴希拉"呼"地翻身跃起，后腿立在床上，像人一样伸了个懒腰，然后注视着眼前的人们，张开血盆大口，露出两排白森森的牙齿，"喔——哇——"大吼一声。

人们这时才回过神来，只恨爹娘少生了两条腿，像发疯一样的往出跑，你推我挤，乱作一团。被吓得魂不附体的人们各自跑回家里，关紧大门，用被子蒙着头躺在床上，浑身不住地哆嗦，哪儿还有什么胆量去追赶美修娃？整个村子霎时间静了下来。

毛克利钻出草丛，抱着巴希拉哈哈大笑。之后，一人一兽高高兴兴回丛林去了。

第三十六章　村庄的灭顶之灾

村民要烧死美修娃妈妈的举动，让毛克利决定不再继续沉默。他召集来了大象，共商大计。大象会和毛克利取得一致吗？他们的计划又是什么呢？村庄那边的人类是什么情况呢？

这天早晨，毛克利刚睡醒来，黑豹巴希拉给他送来一条野猪腿，当作早餐。毛克利摘下胸前的匕首，割下一点儿，津津有味地嚼了起来。

不大一会儿，毛克利将一条猪腿吃得一干二净，他站起身来，擦擦嘴角的血迹，拍拍肚子说："嗯，这下吃饱了。巴希拉，飞鸢智儿受母狼的委托，回来报信说美修娃他们平安无事，并且买了马匹，不久就会到达那个市镇。我们不用监视这些无聊的人们了，忘掉他们吧。棕熊伯鲁发现了一个很大的蜂窝，等着咱们去吃蜜呢！"

"哦，我差点儿忘了，巴希拉，这几天大象哈蒂在什么地方？"

"不知道，我与他关系一般，不经常打交道。你怎么突然问起他了？有什么事吗？"

"有件事想请他帮忙，你帮我去找一下，让他带领三个儿子一起来。"

黑豹巴希拉不再多问，点点头转身去了。不长时间，他领着大象哈蒂和三个儿子回来了。

前面已经说过，在丛林中大象哈蒂的年纪最大，学识渊博，无所不通。他平时性格忠厚，待人和气，但一旦惹恼他，不管多么厉害的野兽，都不是他的对手。

"你好，毛克利，找我来有什么事吗？"

"哈蒂先生，有件事情，想请你帮忙。我前几天在村子里的事，你知道吗？"

"知道了，听飞鸢智儿说，那些可恶的人类将你驱逐出来。"

"是啊，不仅如此。村里有一位叫美修娃的女人，因为收留我而被抓起来，判处火刑，要不是我们及时获得情报将她救出来，恐怕她已被烧死了。我现在识破了人类的真面目，他们阴险歹毒，无耻下流，违反丛林中的制度，屠杀我们的同胞。这些可恨的家伙住在我们附近，以后一定会破坏我们和平自由的生活。"

三头小象听了，热血沸腾，怒不可遏，叫嚷着说："消灭他们，将他们打个落花流水！"

年轻时候，大象哈蒂有一次掉进猎人的陷阱里，被掩埋在下边的竹尖扎得皮开肉绽。因此，一提起人类，三头小象就想起父亲受伤的往事，恨得咬牙切齿。

大象哈蒂指着人类给他留下的伤疤，对毛克利说："你看看，那些家伙给我打上了深深的烙印。我从陷阱中逃出来以后，领着他们三个，把那些家伙的庄稼糟蹋得颗粒无收，而且还将他们的房屋踩成平地。"

"嗯，对付那些家伙，就得采取强有力的手段，否则，他们更不知天高地厚。为了给美修娃报仇，出出我心中的恶气，我想请你出马，踏平他们的村庄。但不要违背丛林的制度，不要伤害他们的性命，只将他们的土地合并成我们的丛林，你说怎么样？"

大象哈蒂对人类恨之入骨，马上答应："行，就这么干，立即行动！我们还要动员野猪、山羊、梅花鹿等小动物，让他们参加战役，全面摧毁人类的土地。"

大象哈蒂说完，领着三个儿子行动去了。

毛克利望着他们的背影，激动地说："用不了多久，人类的土地就归我们所有了！"

大象哈蒂果然足智多谋，高人一等，他和三头小象到处散布消息：丛林中的食物不久即将枯竭，为了生存，大家只能到前边的村庄去，那里树青草绿，物产丰富。同时，四头大象分头行动，找到食物狼吞虎咽，大吃特吃。

动物们看到这种情形，对大象的消息深信不疑。人家都两百多岁了，走过的桥比你走过的路还多，岂能料不到灾难即将来临？

于是动物们惶惶不可终日，急得像热锅上的蚂蚁，聚集在一起商议对策。经过激烈的讨论，动物们达成共识：离开丛林，去前边的村子寻找食物。

野猪胃口大，嘴又馋，首先出发。山羊和梅花鹿怕去迟了，食物被野猪吃光，紧紧跟在野猪的后面。紧接着，狐狸、兔子等其他动物也倾巢出动，浩浩荡荡奔村庄而去。

动物们的脑子里什么也不想，想的只是去迟了，就会饿死。他们大步流星，好像潮水一样，铺天盖地而来。

终于到达村庄，这支庞大的队伍，不用指挥，自发地四散开来，将村庄围得水泄不通。开始没日没夜地吞食各种可吃的东西。

就这样，整个村庄笼罩在野兽带来的灾难之中。

第三十七章　毛克利的复仇

毛克利和大象利用人类疏忽的间隙，突然展开计划，将他们的居住地夷为平地。看看他们的具体计划是怎么实施的。

一望无际的田野上，碧绿的庄稼长势旺盛，有的开着花，有的吐出穗，昭示着一个丰收之年。

为了预防动物糟蹋这些可爱的庄稼，人们用四根柱子在田野中搭起一个高台，高台上盖着一间简陋的小屋，四周留有窗口。村民们轮流值班，在小屋里监视动物。太阳刚刚落山，从天边飘过几朵黑云，黑云越聚越多，不一会儿便布满了天空。紧接着狂风大作，电闪雷鸣，下起了瓢泼大雨。

"这场大雨来得真及时啊！庄稼正是需要浇水的时候！"

四个值班的村民坐在小屋里，望着外边的大雨眉开眼笑。话刚落地，却听"轰"的一声，连台子带小屋倾斜着倒了下去。

"啊呀！发生地震了，好强烈的地震啊！"

摔倒在地上的四个村民惊叫着。木板、茅草、泥块接二连三掉下来，把他们砸了个鼻青脸肿。好不容易这些东西掉完了，四个人掀起压在身上的杂物，正准备站起来的时候，却又听到了震耳欲聋的吼声：

"呜——哦——"

抬头一看，像小山一样的四头大象向他们走过来。

原来是大象哈蒂带领三头小象，用鼻子拉倒四根柱子，毁掉了台上的房子。

四个值班的村民吓得面无血色，连滚带爬，没命地奔逃。

在大象哈蒂的指挥下，所有动物一齐参战，将人们的庄稼糟蹋得寸草不留。

村里的人们听到野兽的叫声，从被窝里爬出来，想去野地看看发生了什么事。但听完四个值班人的叙述后，又吓得心惊肉跳，双腿发抖，哪里还敢去看。一个个口念"阿弥陀佛"，跑回家去。

第二天，村里的人们来到田野一看，他们赖以生存的庄稼竟然全完了，只见一片片绿油油的庄稼东倒西歪、乱七八糟。

"这是为什么？一夜之间成了这个样子！"

"一定是丛林中的妖怪干的！"

"让我们以后怎么活呢！"

村里的人们捶胸顿足，号啕大哭，一片凄惨。

正在村民们一个个愁眉苦脸、束手无策的时候，粮行的老板心里乐开了花："老天有眼，派来妖怪损坏庄稼，我要发财了！虽说都是老乡，也得狠狠赚他一笔！"

粮行老板正在做发财的美梦，大象哈蒂从窗外伸进鼻子，吓得他跌了个仰面朝天，急忙爬起来向外跑去。

大象哈蒂带领丛林中的野兽横冲直撞，把房屋撞得七零八落，村子里的人们抱头鼠窜。老和尚双手合在一起，口中念念有词，大概是乞求神灵保佑，但动物们仍然疯狂作乱。

没办法，人们只好去请"根杜"。

"根杜"是在山洞里居住的野人，长年以打猎为生，过着原始人类的生活。由于每天翻山越岭，追捕野兽，一个个身轻体健，武艺高强。

他们听了村民的来意，耸耸肩膀，摊开双手，无奈地说："要是三五只野兽还可对付，那么多的野兽，我们也没有办法。"

平时大吹大擂、趾高气扬的神枪手巴尔道也没有办法，手挂猎枪呆呆地站在地上，过了好长时间，他开口说道："这里没法生存，我们搬到其他地方去吧！"

他的话刚说完，就遭到全体村民的强烈反对。是啊，搬家说起来容易，做起来就难了。有年纪大了走不动的，有刚出生没断奶的，怎么搬呢？

没用多长时间，人们贮存的东西都吃完了后，他们就吃树皮、吃野菜，但树皮和野菜胃里消化不了，没几天就死去七八个村民。

人们一看实在没办法待了，只好到别的地方逃荒。全村的人们开始行动，扛包的，背行李的，搬家具的……人们哭哭啼啼，乱作一团。好几辈居住在这里的人们都不愿离开，他们一步一回头，眼含热泪，朝远方而去。

大象哈蒂见人们全走了，又带领三个儿子来到村里，脚踩鼻卷，转眼之间将村子踏为平地。后来，树籽、草籽随风落到这块土地上，在阳光的照耀和雨露的滋润下，生根发芽，成长为一片茂密的森林。渐渐地，森林与原来的那座丛林连接在一起，合二为一。这场战争，以动物大获全胜而告终。

黑豹巴希拉张开嘴巴，抖动着胡子高兴地说："毛克利！我们是强者，赶跑了人类，占领了他们的土地，大象哈蒂真了不起啊！"

毛克利一言不发，抬头仰望着天空。碧空万里，艳阳高照，晴朗的天气却没有带来舒畅的心情。被人类赶出来的羞耻，美修娃被拷打的仇恨，都随着动物的胜利而一笔勾销了。

"我为什么高兴不起来呢？为什么没有杀死邪汉的那种激动呢？哦！我明白了！我的身上流淌着人类的血液，我的脑中闪烁着人类的智慧，然而，我却将人类赖以生存的土地纳入动物的版图。怎么说呢？悔？恨？喜？不是，不是，都不是。那是一种说不清，道不明的心情。管他呢，忘记过去吧，我还要开创美好的未来。"毛克利暗自说。

第三十八章　大蟒蛇卡阿的秘密

还记得在猴子城勇猛无敌的大蟒蛇卡阿吗？这不，卡阿的大寿到了。在毛克利庆祝卡阿大寿的时候，卡阿悄悄告诉了毛克利一个秘密，连见多识广的卡阿都觉得新奇的秘密，到底会是什么呢？

在猴子城一战中，大蟒蛇卡阿施展法力，将猴子们打得落花流水、血肉横飞，为救出毛克利起到了举足轻重的作用。

大蟒蛇每年都要蜕一次老皮，换一层新皮，至今，卡阿已经蜕了两百次皮了。但由于他常年修身养性，仍然不见苍老，身体硬朗，精力充沛。

我们的毛克利也长成一个健美的少年了。这天，毛克利一早就跑来，庆贺大蟒蛇卡阿大寿。

这次，卡阿费了好大力气才将旧皮蜕下来，仍然挂在大树上。他觉得有点累，直挺挺地躺在石头上晒太阳。一般情况下，在刚蜕完皮的几天内，卡阿的心情不好，容易发怒。可今天一见毛克利，就热情地与他打招呼。

"嗨！毛克利，你今天怎么想起来这儿了？"

"卡阿！你好！我来为你庆贺大寿！"

"谢谢你，毛克利。大象哈蒂不懂事的时候，我已经能够吞下野猪了。实际上，我可以称得上是丛林中的前辈了。嘿嘿，好大的年龄啊！"大蟒蛇卡阿得意地说。

从猴子城一战开始，卡阿就喜欢上了机智勇敢的毛克利。后来毛克利铲除了邪汉，棕熊伯鲁、黑豹巴希拉、狼族首领阿克拉都称他为"丛林之王"，大蟒蛇卡阿对毛克利更加刮目相看了。

毛克利坐在大蟒蛇卡阿的身旁，轻轻地抚摸着他的身体，一边和他闲聊起来。

"咦！真有意思。卡阿，你看，你的皮多么完整呀。"毛克利指着挂在树上的旧皮说。

"是啊，我的皮始终是那么大，它不会长粗，也不会变长，因此，身子长到一定程度时，就得将它蜕去，再换一层新皮。你的皮不用换吗？"

"不用。时间长了就会沾上脏物，在水中泡一会儿，使劲一搓，就掉下去了。每次洗完，特别爽快。"

"喂，毛克利，咱们去水里玩一会儿吧！"

"行，现在就去。"

大蟒蛇卡阿知道不远处有一个水潭，领着毛克利不一会儿就来到潭边。水潭清澈见底，旁边有一棵垂柳，条条柳枝垂到水中，微风吹来，荡起一纹纹水波，慢慢扩散开来，十分好看。

毛克利纵身跳起，在空中划了一条优美的弧线，钻入水中，激起一朵美丽的水花。

大蟒蛇卡阿快如闪电，"嗖"的一声，窜入水中，劈波斩浪，游到毛克利身边，一人一蟒，嬉耍起来。

他们正玩得高兴，忽然，旁边的草丛中窜出一条眼镜蛇，来到潭边，喝了几口水，然后昂起头向毛克利和卡阿打个招呼："喂！你们好，祝你们玩得开心！"说完，"哧溜"一声，又钻入草丛中。

大蟒蛇卡阿盯着眼镜蛇刚才喝水的地方，沉思了一会儿说："毛克利，你有没有这种本领，想要什么就可以得到什么？"

"我哪儿有那么大的本领。例如我饥饿的时候想吃一块猪肉，但只能捕获一只羊；我想晒晒太阳，却碰到一个阴天；我想让大雨淋一淋，天空中却没有一朵乌云。像这样的例子太多太多了，哪儿能够想要什么就得到什么，事事如愿呢？"

"嗯，我听眼镜蛇说……可不是咱们刚才看见的那条，是另一条眼镜蛇告诉我的。"

"哎哟！我一见蛇就害怕，他们都有毒，一不小心被他们咬伤了，我的性命也保不住了。"毛克利惊叫着说。

大蟒蛇卡阿用神秘的口气说："毛克利，你先听我讲个故事，这不是什么传说，是我亲身经历的事。前些日子，我到猴子城去寻找食物，一只猴子被我追得走投无路，钻进石塔旁边的一个洞中，我也跟着进去，费了好大力气才将他逮住。吃完猴子后，我觉得有点累，躺在洞中休息了一会儿，然后又朝前游去。

"在洞中，我碰见一条白色的眼镜蛇，他的年龄不小，也够两百多岁。他向我透露了一个秘密，还给我出示了一件宝物。以我的阅历，竟然认不出那是什么东西。

"听白色的眼镜蛇说，那东西坚硬无比，人类如果拥有一小部分，就够一生享用，死而无憾。

"于是，我将你的情况与他说了，他听了以后，同意让你去参观一下。那真是一个令人不可思议的东西，也不知有没有生命，白眼镜蛇说他居住在那里，就是为了保护那个东西。"

"咦！这么神奇，咱们快点去看看！"毛克利被那东西吸引住了，迫不及待地说。

毛克利与大蟒蛇卡阿爬上水潭，匆匆忙忙向猴子城出发了。

第三十九章　探寻宝藏

　　　毛克利与大蟒蛇卡阿发现了神奇的宝藏，里面究竟有多少宝贝等待他们去发现呢？看看事情的后续发展吧。

　　大约走了半个小时，终于来到了猴子城。猴子们不知到什么地方玩耍去了，整个城内寂静无声，给人一种阴森森的感觉。

　　毛克利和大蟒蛇卡阿穿过古代遗留下的建筑物，来到石塔旁边。卡阿提醒毛克利说："从这里钻进去就可以见到白眼镜蛇，按照丛林中的礼节，你先用他们的语言发出暗号，要不然的话，他们会在暗中袭击，你没有忘记暗号吧？"

　　毛克利撮起嘴唇学着眼镜蛇的语言："嘶——嘶——嘶——"

　　然后他又喊出暗号："嗨！我们身上流着同一种血液！我们拥有共同的祖先！我们是骨肉兄弟！"

　　说完暗号，他们两个钻进洞口，往前走去。不多时，来到一棵大树前。毛克利有生以来从未见过这么粗的树，把整个地洞堵了个严严实实。

　　毛克利正要寻找去路时，大蟒蛇卡阿指着树根说："别说你了，我活了两百多年也没见过这么粗的树，你瞧，从树根下面可以钻进去。"

　　毛克利仔细一看，才发现树根旁边有个洞口，于是他们一前一后钻了进去。又走了一会儿，前面出现几束光亮，毛克利以为又回到了地面上。正惊疑时，却发现亮光是从地面的细缝透出来的。原来，大树越长越粗，把地面撑得裂开一些细缝。

穿过亮光，他们来到一个宽敞的大厅。

毛克利深吸一口气，兴奋地说："这可是个好地方，就是走路有点麻烦……喂，卡阿，这里什么也没有啊！"

"嗯！我在这儿呢！"

毛克利听见一个沉闷而沙哑的声音，他急忙回过头，看见黑暗的大厅中，一个白色的东西向前移动。顷刻之间，他来到跟前，"呼"的一声站起来，直挺挺立在毛克利的面前。

毛克利这才看清是一条白色的眼镜蛇，不由大吃一惊。白眼镜蛇足有一丈多长，由于日久天长待在黑暗之中，皮肤呈现白色，脑袋附近有点发黄。毛克利提心吊胆地说："你好！祝你身体健康，祝你万事如意！"

白眼镜蛇听觉迟钝，没弄清楚毛克利的意思，回答的话驴唇不对马嘴："什么？京城？你说对了，京城中有不计其数的骏马和水牛。可是我年龄大了，听觉不灵敏，听不到战马的嘶鸣。过去，一听到'咚咚'的战鼓，我就热血沸腾，浑身是劲儿……"白眼镜蛇沉浸在过去对岁月的回忆中。

大蟒蛇卡阿听了他的话，迷惑不解地说："难道你忘了上次我说的话？这里哪儿有京城啊，丛林中的马都让黑豹巴希拉咬死了。"

白眼镜蛇用坚定的口气说："有京城，我不会记错，就是我们国王居住的地方。你没看见地面上辉煌的宫殿吗？这个京城在我祖父上一辈的时候就建立了。我认为它将会万古不朽！"

说到这里，他才注意到毛克利，问："这是什么动物呢？"

毛克利听得如坠云雾之中，心想这白眼镜蛇年龄太大，有点神志不清，没去理会。

大蟒蛇卡阿听他说话颠三倒四，提高嗓门说："这里没有什么京城，是一片茂密的丛林！"

"他是什么动物？长着人的相貌，说着蛇的语言，在我面前竟敢这样放肆！"

"我是毛克利，虽然有人的相貌，但从小生活在丛林中，是狼族中的一员，而且与大蟒蛇关系不错。眼镜蛇先生，你在这里有什么事啊？"毛克利不卑不亢地说。

白眼镜蛇听了毛克利的话，倒也没有发作，慢慢吞吞地说："我在这儿已经待了很长时间了，我在执行一项特殊的任务。

"那时候，我的身体还未变白，与其他眼镜蛇一样，是黑色的。国王交给我一个光荣而艰巨的任务，让我保护宝物。为了安全起见，人们修建了这座坚固的地下室，用一块沉重的大石头堵在上面。

"我接到这个任务后，提高警惕，丝毫不敢大意，严密看守。堵在上面的大石头之后被移开五回，每回移开，都会运来珍贵的宝贝。经历好几代国王的积累，这里的宝物数不胜数。可后来，再也没有运来一件宝物。

"卡阿，你为什么一口咬定这里没有京城？"

"上面什么也没有，你在下边当然更看不见。原来留下的宫殿已破败不堪，猴子们居住在那里，人们从来不到这个地方。"卡阿回答。

白眼镜蛇晃着脑袋说："也有人来过，一共是两三个吧。他们见我在这儿守着，吓得当场昏迷不醒。我接受任务以后，为了防止有人盗窃，每天在墙壁上摩擦牙齿，将毒液聚集在口中，随时准备攻击强盗。无论你们怎样说，都动摇不了我的意志。我坚信，等到时机成熟，国王一定会让我见到光明，给我很高的荣誉。因此，我不会轻易放弃自己的使命。

"毛克利，你的面前有很多无价之宝，假如你想活着出去的话，最好多捡一些，好让别人羡慕你！"

此时，白眼镜蛇目露凶光，但大蟒蛇卡阿和毛克利没有觉察。

毛克利蹲下身子一看，地上果然有许多金币，发出耀眼的光芒。但他并没有感到特别的惊奇，因为他在村子里见过这种金币。

白眼镜蛇见他反应冷淡，说道："到前边去看看吧！"

毛克利不知深浅，满不在乎地往前走去。走了一会儿，眼前都是一堆一堆的金币，是名副其实的一座座金山。

另外还有许多红宝石、蓝宝石、玛瑙、琥珀、玉器之类的东西，令人眼花缭乱，目不暇接。最引人注目的是一座纯金佛像，通体用纯金打造，宝石眼睛，珍珠盔甲，手举犀牛皮盾牌，栩栩如生，惟妙惟肖。

只要拥有其中一件珍宝，就有一辈子享不尽的荣华富贵，但毛克利毫不动心。他只看中了一根好像铁棍的东西。

这根铁棍叫"安卡斯"，相当于一根指挥棒，印度人用它触碰大象的脑袋或耳朵，大象就按人的意思去完成各种事情。这根铁棍安卡斯国王曾经用过，做得新颖、精致。它的一端安着一颗红宝石，另一端是一个玉圈，棒身用象牙制成，上面插一柄小巧的钢叉。

毛克利一看到这根安卡斯，就想到大象哈蒂。

这时，白眼镜蛇别有用心地说："毛克利，让你大开眼界了吧？你这一生没有白活呀！"

毛克利没有体会到他话中的含义，平淡地说："没什么呀，我看这些东西没什么稀奇的。只有这根铁棍好像有点意思，我想拿到上面看一看，如果你允许的话，我将感激不尽。"

说着，弯下腰将安卡斯拿在手中。

"嗯！如果想要，你就偷……拿去吧！"白眼镜蛇目光一闪，心生杀机。

毛克利正要出言感谢，忽然瞥见白眼镜蛇的目光有些异样，下意识地朝四周一望，看见地上躺着几具骷髅，心中暗想，一定是他杀死了前来盗宝的人。

狼孩历险记

第四十章　智斗宝藏守护者

毛克利在宝藏里发现了铁棍安卡斯，宝藏守护者白眼镜蛇自然不会让毛克利轻易带走它。毛克利最终会带走安卡斯吗？快点去看看吧！

毛克利自小与动物为伍，练就了一双火眼金睛，马上识破了白眼镜蛇的险恶用心，知道这家伙要下毒手了。

他急忙闪到一边，举起安卡斯，做好迎敌的准备，不动声色地大声说："我不会谋取珍宝，只觉得这棍子好玩，才想带走，如果这也是一件珍宝，那还给你吧。我学毒蛇的暗号，是为了避免与蛇发生冲突。"

大蟒蛇卡阿也不是好惹的，厉声说道："嗨！眼镜蛇，你答应过让人来参观，现在却要诬赖他偷你的珍宝，想取他性命，真是岂有此理。若毛克利在此丧命，我哪儿有脸面去见丛林中的动物呢？"

"非常容易！我连你一起收拾就行了。我的任务就是保护宝物，凡来盗窃者，格杀勿论！你们都别想走！"

"嗨！闭口！你这个老糊涂，已经说过多少遍了，这里没有什么国王和京城！"

"但宝物仍然存在，毛克利盗宝也是事实。毛克利今天你插翅难飞，拿命来吧！"

毛克利低下头，小声对大蟒蛇卡阿说："白眼镜蛇把我当作爱财如

173

命的人类了，我与他见个高低。"

白眼镜蛇张开血盆大口，露出尖利的牙齿，气势汹汹地扑过来，毛克利举起手中的安卡斯，使劲扔出，不偏不倚，安卡斯上面的小钢叉正好刺中了眼镜蛇的脖子，穿过去深深地插入地中。大蟒蛇卡阿闪电般扑上去，压住他的身子。

"毛克利！快点取刀剁他的脑袋！"大蟒蛇卡阿急促地大喊。

"卡阿，我不会随便伤害别人的性命，但要拔下他的毒牙。"

毛克利说着，一手捏住他的脑袋，一手用匕首撬开他的嘴巴。只见两颗毒牙已变成灰褐色，根本不可能伤人。

"喂！卡阿，这眼镜蛇的牙齿非常疏松，不起作用了。"

"唉！让我们虚惊一场，放他一条生路，我们不杀没有反抗能力的动物。"

大蟒蛇卡阿离开白眼镜蛇的身体，毛克利取下安卡斯。

"嘿嘿！这不堪一击的老东西，还要执行护宝的任务呢！"

白眼镜蛇听了他们的嘲弄，羞得满面通红，小声说："唉！老了！活着没意思，你们杀死我吧！"

"我们饶你不死，但要拿走这根棍子。"

白眼镜蛇垂头丧气地说："你们看着办吧。但要注意一点，这根棍子是魔鬼化身，随时可能取你的性命。它威力无比，可以毁灭整个京城的人类，因此你们不久就会失去它。以前，人们为了占有它而拼得你死我活，今后，还将重演过去的历史，甚至死伤更加惨重。我现在没有能力消灭你们，但那根棍子一定会给你们带去灾难，它是魔鬼化身啊！"

听了白眼镜蛇这番话，大蟒蛇卡阿和毛克利都感到不寒而栗，一刻也不想在这里待下去，急忙转身，顺着来路往外走去。他们来到洞口的时候，回头看见白眼镜蛇用牙齿啃着纯金佛像，发出凄厉可怖的呼喊："魔鬼！你在哪里！快点出现吧！"

大蟒蛇卡阿和毛克利爬出地洞，呼吸了一口新鲜空气，将安卡斯拿在眼前仔细端详。在阳光下，一颗颗宝珠闪闪发光，照得人睁不开眼睛。

"让巴希拉瞧瞧，"毛克利说，"这红宝石与他的眼睛差不多。喂，卡阿，白眼镜蛇说它是魔鬼化身，你明白吗？"

"不明白，大概是……我也不清楚，刚才不该饶他性命，现在想起来有点后悔。别管他了，猴子城中稀奇古怪的事不少呢！嗯，我想吃点东西，咱们去找食物吧。"

"我不去了，我要去找黑豹巴希拉。再见，祝你捕食顺利。"

第四十一章　安卡斯的魔性

白眼镜蛇认为棍子是魔鬼化身，毛克利带着它去请教巴希拉。巴希拉提醒毛克利提防它背后隐藏的灾难，毛克利是如何取舍这根棍子的呢？

毛克利向大蟒蛇卡阿挥挥手，转过身朝前跑去。没用多长时间，来到黑豹巴希拉的洞口。巴希拉昨晚没休息好，眼中布满了血丝，正在小溪边洗脸呢。

"喂，毛克利！昨天晚上你干什么去了？我准备带你去捕食物，可怎么也找不到你。"

"我与大蟒蛇卡阿去了一次猴子城，还带回一根奇怪的棍子，你瞧瞧。"

毛克利将昨天夜里遇到的怪事，原原本本对巴希拉叙述了一遍，然后拿出安卡斯让他看。

"白眼镜蛇说这东西是魔鬼化身，喂，巴希拉，你说这个东西如此漂亮，怎么会与魔鬼扯到一块儿呢？"

"我认为，越是漂亮的东西，带来的灾难就越大，这是我经过多年磨炼而得出的结论。因此，对漂亮的东西，要加倍小心，提防它背后隐藏的灾难。"黑豹巴希拉板着面孔，一本正经地说，"我小时候被关在吴芝波尔王宫的铁笼里，对人类的习性有一定的了解。人类的确是一种捉摸不透的动物。毛克利，你知道吗？为了这根棍子上的一颗红宝石，有三个人丧失性命。"

"我真不明白，把这颗红石头安在上面，有什么用处？你看看，我的匕首上面什么也没有，多精巧啊！可是，为什么会有三个人丧失性命呢？我不大清楚，也懒得去想它，我们生活在丛林中无忧无虑，想那么多没有意义的事干什么？以后再谈吧，我有点累，想休息一会儿。"

"人类是一种冷酷的动物，经常自相残杀。美修娃那么善良，还差点儿遭了同类的毒手，是不是？嗨！巴希拉，你睁开眼睛，是不是睡着了？"毛克利举起安卡斯，一边说着一边拨弄他的耳朵。

"哎哟！好疼呀！快点将那根棍子收起来，这棍子是不祥之物，上面沾满了大象的鲜血。"

"咦！你怎么知道上面沾满大象的鲜血？"毛克利惊奇地问。

"嗯，我知道，这个东西是用来指挥大象的。以前在铁笼中生活时，我看见人们用这东西刺大象的脑袋和耳朵，让大象为他们表演节目，如果不听指挥，马上被刺得鲜血淋漓。

"不像我们丛林中，各个动物都是平等的，人类身上没长尖牙利爪，但他们有一颗歹毒的心，制造了许多锋利的武器，用暴力征服我们的同胞。

"受到伤害的不只是大象，其他动物同样受尽了人类的折磨。相比之下，我们住在丛林中还挺幸运的。"

毛克利细细揣摸巴希拉的话，口中自言自语道："卑鄙的人类为了达到自己的目的，不择手段，不顾别人的尊严，随意荼毒生灵，给别人带来深重的灾难，真令人气愤啊！"

他回过头，举起安卡斯，对黑豹巴希拉说："我看它漂亮好玩，才冒着危险将它取回，谁知道在这漂亮的外表下，却隐藏着那么多动物的血泪史。我要这倒霉的东西干什么？"

说着，手臂一挥，把安卡斯扔了出去，插在一棵大树上。

"这回，魔鬼化身不在我手中了！"

毛克利怕安卡斯玷污了他的双手，跑到一个小溪边将手洗得干干净净。回过头来对黑豹巴希拉说："白眼镜蛇说魔鬼化身将一直附在我身上，是吓唬我吧？"

"不要管那么多了。我昨天晚上为抓捕食物没睡觉，现在瞌睡得要命，与你说话时眼皮直打架。"

说完，黑豹巴希拉睡觉去了。

毛克利昨晚在猴子城折腾了一夜，此时也感到筋疲力尽，躺在草地上，不知不觉进入了梦乡。

不知什么时候，他又将安卡斯拿在手中，放在面前一看，好漂亮啊！一颗颗宝石晶莹剔透，闪闪发光，好惹人喜爱！

毛克利这一觉睡得好香，直到日落西山时才醒过来，他翻身爬起，伸个懒腰，回味着梦中的情景。

安卡斯虽然是不祥之物，但仍然掩盖不住它的美丽，漂亮的东西看上去的确舒服。爱美之心，人皆有之，何况毛克利已是一个大孩子了。他自言自语道："这个东西虽然沾满了大象的鲜血，但具有很大的吸引力，我再去看看它，不会发生什么事吧？我只用眼看看，不动它。"

毛克利来到插安卡斯的大树前，咦！安卡斯不见了，树上只留下深深的痕迹。

第四十二章　丛林里的人类尸体

安卡斯不见了，黑豹巴希拉和毛克利顺着脚印和痕迹却发现了几具人类的尸体。在巴希拉和毛克利熟睡的时候发生了什么？安卡斯在哪里？

不见了安卡斯，毛克利奇怪地向周围望去，见黑豹巴希拉伏在不远处的草丛中。毛克利跑过去问："喂！巴希拉，你干什么呢？"

"查看人的踪迹。这里有人来过，一定是他们把你遗弃的安卡斯拿走了。尾随他们，看看白眼镜蛇说的话是不是真的。"

"好！立即行动！"毛克利摸摸胸前的匕首说。

丛林中的动物都善于跟踪追击，黑豹巴希拉可算这方面的行家里手，他从脚印就可推测出动物的种类、形状、重量，甚至动物当时的心情。对此，毛克利佩服得五体投地。

黑豹巴希拉面带微笑，夸夸其谈："小时候，我被关在吴芝波尔王宫的铁笼里，经常看见手持武器的士兵。逃出来以后，我能够根据脚印推测行人的各方面情况，并且采取相应的措施与他们周旋。这个技术不好掌握，棕熊伯鲁和狼族首领阿克拉只学会一点儿皮毛。"

"嗯，你也染上人类的狡猾奸诈了……咦！巴希拉，你瞧，两只脚印之间的距离变长，脚印前面较深，说明这人跑的速度不慢，可为什么绕起了圈子呢？"

黑豹巴希拉低下头，睁大双眼，细心查看了一会儿，然后又用鼻子闻了闻四周的空气。猛地一跳，像一颗皮球似的，落在五米远的地方。

"果然不错，还有另外一个人。先前那个人为了躲避他，所以绕了个圈子。"

毛克利蹲下身子，看了看说："后来的这个人脚不大，指头与常人不同，地面被弓划过，是'根杜'留下的。"

"嗯，分析正确！我们兵分两路，同时追踪。如果咱俩离得太远了，要及时联络。"

他们商议妥当，毛克利跟踪"根杜"，黑豹巴希拉跟踪另一个人，分头行动。

追踪了一会儿，黑豹巴希拉大声喊道："喂！毛克利！这人绕了个圈子，在石头后边藏起来了。'根杜'是什么情况？"

"'根杜'藏在石头的另一边，停了很长时间。"

"这人挂着安卡斯，也停了好长时间。安卡斯掉在地上过。再仔细看看，有没有其他情况呢？"

"嗯，我再瞧瞧。有两根小树枝，其中一根粗的断为两截……咦！是怎么回事呢？你等一下……哦！明白了，'根杜'专门弄出声音往前跑去，迷惑那个大脚的人……'根杜'经过大树……转向右边……来到一条小河旁。嗨！巴希拉，你那边是怎么回事？"

"毛克利，大脚的人飞快地朝前跑，这样吧，我们各追各的！"

毛克利追了一会儿，听见黑豹巴希拉喊他，吓了一跳，因为根据声音判断，巴希拉就在附近，离他只有几十米远。

"噢！到底是怎么搞的？两个人跑的方向相同，而且逐渐靠近……马上就要相遇了。"

毛克利与黑豹巴希拉各自跟着脚印向前追去，果然不出毛克利所料，他们相遇了。这说明"根杜"和大脚人在此会面了。

毛克利想不出原因，对这件事产生了极大的兴趣，显得非常激动。

"喂！巴希拉，'根杜'跑到这儿，单腿跪地。咦！那边有人！"毛克利突然指着前面，惊叫着说。

黑豹巴希拉和毛克利走到前面的草丛，看见一个身材魁梧的男人趴在那里，好像一个村民，背上插着一支箭。这支箭是"根杜"平时使用的那种，上面有剧毒。开弓者力气很大，箭穿透了死者的前胸，两面伤口流出的血液呈紫黑色。死者眼睛瞪大，双拳紧握，形状凄惨恐怖。

看了一会儿，黑豹巴希拉说："毛克利，被白眼镜蛇料中了，魔鬼化身杀了他。"

"嗯，从脚印可以看出，'根杜'射死这个人，夺走了安卡斯。"

看着这具尸体，毛克利想起白眼镜蛇的诅咒，吓得浑身起了一身鸡皮疙瘩。

他们跟着"根杜"的脚印，继续向前走去。在山谷的入口处，有一堆灰烬，留着几根没燃完的枯枝，身材矮小的"根杜"躺在灰烬中，双脚埋在里面，面目狰狞，显然已死去多时。

黑豹巴希拉和毛克利吓得面色大变，浑身哆嗦。

黑豹巴希拉小心翼翼地来到尸体旁，看了一会儿说："又一个死去了，咦！怎么看不见伤口？"

"他死在木棍下。"毛克利眼睛一扫，用肯定的口气说，"以前，我见过村民们用木棍击毙水牛，不会留下伤口，但威力不小。白眼镜蛇的诅咒应验了。人类贪得无厌，视财如命，为了将珍宝据为己有，竟然自相残杀。原来白眼镜蛇对人类的理解，比我们深刻多了。"

"嗯，不错，人类的欲望是永远满足不了的。小时候，在铁笼中生活，我就看出人类是一种最残忍、最自私的动物。正因如此，'根杜'才会被别人害死。"

"凶手究竟是谁呢？"

"看！巴希拉，这儿有四个人的脚印。"

"嗯，据我推测，这四个人杀害了'根杜'。这事情越来越离奇了。"黑豹巴希拉伸出舌头，舔舔胡须说。

"唉，人类与猴子差不多，钩心斗角，尔虞我诈，一根棍子有什么好抢的，他们却看得比生命还重要。人类越来越可恶了。'根杜'为了抢夺安卡斯，用毒箭将大脚人置于死地，而自己却被别人杀死，真是善有善报，恶有恶报呀！我却和这种下流无耻的家伙是同一个种族，惭愧啊惭愧。"毛克利说到激动之处，泪珠滚落而下。

"毛克利，不要哭了，我知道你的苦处。"黑豹巴希拉安慰他说。

"不知怎么搞的，我现在心烦意乱，头疼得要爆炸似的。"

"不要考虑太多，马上就会好的。我们去跟踪那四个人，你瞧，地上有五个人的脚印，他们与'根杜'本来没有什么深仇大恨。"

于是，黑豹巴希拉与毛克利又开始追踪。

走了一个多小时，毛克利听见前面的巴希拉惊叫了一声。知道他有了新的发现，来到前面一看，小溪边又躺着一具尸体，尸身上沾满白色的面粉。

黑豹巴希拉翻过尸体看了看说："已经死了三个人了，这个也死于木棍下。可能是另外三个人合起来把他打死，然后夺去面粉。可他们要面粉有什么用呢？现在还弄不清楚。看来，安卡斯确实是魔鬼化身。"

他们又往前走去，在一棵大树下，赫然躺着三具尸体。树枝上，乌鸦可乌沙哑地唱着"地狱之歌"。尸体旁边，是魔鬼化身安卡斯，除了发出耀眼的光芒外，看不出有什么特别之处。一堆柴火将熄未熄，上面烧着几个面饼，因无人翻转，已烤焦了。

"毛克利，我查不出死因，你过来看看。"

毛克利没吱声，他从火堆上拿起一个面饼，放在鼻子下边闻了闻，说："喂！巴希拉，饼子里边有毒，他们是中毒而亡。"

"嗯，四个凶手中有一位做好掺毒的饼子，但没等毒死另外三个人，自己就被打死了。"

实际上，事情发生的经过是这样的，大脚的人无意中捡到毛克利遗弃的安卡斯，下山时遇见身材矮小的"根杜"。"根杜"见宝起意，用毒箭射死大脚人，抢走安卡斯。

"根杜"正觉发冷，恰巧碰到四个烤火的商人，他过去烤火时暴露了安卡斯，四个商人要低价收购，被"根杜"拒绝了，他们拉扯了好长时间，最后将根杜打死。

四个商人获得安卡斯，准备出售以后，平分赃款。走到半路，他们停下来想休息一会儿，顺便吃点饭。其中一个到小溪边和面时起了私心，想自己独吞珍宝。于是在面粉中下了毒，做成饼子。他暗自高兴时，被三个同伴从身后杀死。那三个人明白，四个人平分，不如少一个人平分得到的钱多，因此下了毒手。三个家伙不知饼中有毒，在火上烤着吃，还没等全部吃完，胃中难受，毒发而亡。

第四十三章　归还"魔鬼化身"

　　　　毛克利带来的"魔鬼化身"遭到人类的抢夺，人类的贪婪又引起了彼此的杀戮。毛克利为此内心难受，虽然喜欢安卡斯，但如果继续留安卡斯在身边，会不会有更多的人为此而流血牺牲呢？

　　心胸宽广、光明磊落的黑豹巴希拉与毛克利，只能根据地上踪迹主观推测事情发生的可能性。若明白了事情的真相，恐怕对人类的愤恨会达到更深的地步，一辈子都不愿与人类为伍。因此，毛克利不知底细，倒不是一件坏事。

　　他与黑豹巴希拉都认为四个人的死亡是由安卡斯引起的。

　　黑豹巴希拉用爪子将安卡斯抓起来，笑嘻嘻地说："毛克利，来吧，咱们斗一场，看谁能抢到这个东西。"

　　"我们不像人类那样贪得无厌，视财如命，因此不可能发生冲突。现在，已经有六个人因它而失去性命，如果让别人再看到这一珍宝，他们还会拼个你死我活。"

　　"嗯，他们都是一般的凡人，一个个自私、歹毒，哪会像我们丛林中的民族团结、正直。"黑豹巴希拉用轻蔑的口气说。

　　毛克利深思了一会儿说："人类与猴子们有相似之处，猴子在水中看到月亮的影子，其实是一种虚幻的东西，他们却以为是稀有之宝，不惜代价地抢夺，人也是一样，不择手段，不计后果，甚至不惜牺牲同胞的性命，去争取私利。这些都怪我，带回这根可怕的魔棒。我以后一定牢记这血的教训，不让美丽的外表迷住自己的眼睛。我决定，将安卡斯送回荒凉的坟墓，交给白眼镜蛇保管。"

大蟒蛇卡阿和毛克利离开以后，白眼镜蛇躺在地洞下面长吁短叹，无精打采。白眼镜蛇觉得自己真是老糊涂了，牙齿已经疏松，早就手无缚鸡之力，自己却浑然不知，还在这儿装模作样地保护宝物，完成什么使命。眼睁睁看着人家不费吹灰之力就将安卡斯带走，自己却无可奈何，只能恶毒地咒骂几句，真是没什么脸面活在世上了。

这一天，白眼镜蛇垂头丧气地坐在那儿胡思乱想，突然眼前一亮，一束光线从大石头的缝隙照进来，紧接着"丁当"一声，有个东西掉在成堆的金币上。

白眼镜蛇大吃一惊，心想：完了，真是福无双至，祸不单行。安卡斯刚被毛克利带走，现在又来了强盗。可叹我年老力衰，要是过去……

"白眼镜蛇爷爷！"毛克利亲切地叫了一声。

白眼镜蛇听出是毛克利的声音，心中又惊又喜，他知道毛克利不会盗取宝物。

"你年纪大了，应该好好地休息了，挑选一个年轻力壮的来保护宝藏吧！"

白眼镜蛇说："孩子，你没死吗？魔鬼化身放过你了？"

"我不知道。但是由于它，六个人失去了生命。这个东西千万不要让其他人看见。"

"嗯，孩子，你自己平安无事，还担心别人受到伤害，可见心地仁慈，不愧为丛林之王，仁者无敌啊！"

第四十四章　卡阿妙计帮助毛克利

毛克利的狼族兄弟温土拉狼被大红狗打败了。无奈之下，为了保护狼族，勇敢的毛克利接受了大蟒蛇卡阿献出的计策。大战在即，看毛克利这一次如何击败对手。

一天，毛克利救下了一只生命垂危的温土拉狼，他经过仔细询问，才知道是凶猛的德干高原大红狗伤害了这只狼。善良的毛克利不忍心看着狼死去，伸出救援之手救下了他，还帮助他医治伤口。没过多久，毛克利决定为狼复仇，向大红狗发起挑战。

得知了毛克利的行动后，大蟒蛇卡阿专程从远处赶来，找到毛克利："嗨！毛克利，你明白我来这里的原因吗？"

"不明白，难道你要传授我对付红狗的计策吗？"

"你猜对了，下面我要先给你讲一个螳螂捕蝉黄雀在后的故事。五十年前，一只梅花鹿被许多凶猛的豺追到这里，梅花鹿一看走投无路，不顾黄蜂的毒针，穿越生死线，跨入地狱之门，来到一个山崖上，后面的豺可能是饿昏了头，没想到可怕的黄蜂，在后面紧紧追赶。前面的梅花鹿慌了神，左冲右突，四处乱窜，后来一脚踏空，淖进沟里。

"此时太阳当头，燥热难当，梅花鹿惊动了正在休息的黄蜂，他们火冒三丈，铺天盖地般扑向梅花鹿。

"后面的豺们以为梅花鹿这次跑不掉了，一个接一个跳下沟中。没想到，没等落到沟底，便碰到成千上万的黄蜂。就这样，那只梅花鹿保住了性命，而豺们却被全部螫死。

"那时候，一条大蟒蛇正在沟中玩耍，看见这一场面欣喜若狂，等黄蜂离开以后，不费吹灰之力，吃了一顿鲜美的鹿肉。"

听到这里，毛克利哈哈大笑，拍着卡阿的脑袋说："哈哈！卡阿，那条大蟒蛇就是你吧！你真是老奸巨猾！"

"当然是我啦！"大蟒蛇卡阿得意地说完，脸色又阴沉下来，"毛克利，德干高原上的红狗们虽然异常凶猛，但根据我亲身经历过的这件事，不难想出一个对付的办法。"

毛克利天资聪明，立即明白了卡阿的意图，高兴地说："你的意思是让我学那只梅花鹿，是吧？这个办法非常巧妙，但危险性很大，弄不好自己也会受到伤害。"

"没关系，等黄蜂出动时，你可以躲起来。到时候，红狗们顾不上察看地形，一心一意只顾追你，你也像梅花鹿那样，跳到沟中，红狗不知是计，当然要跟着跳。

"这样，红狗就会像豺一样遇到黄蜂，死无葬身之地。即使有个别的逃出，也不敢在陆地上久留，只能从水中逃命，由于两岸都是崇山峻岭，他们想上岸，就得游到西奥尼山。只要在那里布下埋伏，一定可将他们打个落花流水……毛克利，这个计策怎么样？嘿嘿！"

"太好了！太好了！你真是足智多谋！"毛克利伸出大拇指说。

"可是，你千万要小心谨慎啊！"大蟒蛇卡阿提醒他说。

毛克利挺胸抬头，抑制不住心中的激动，大声说："为了狼族的利益，为了丛林的安全，为了抗击侵略，就是粉身碎骨，我也心甘情愿！"

毛克利好像再次听到了红狗的吼声，一下点燃了胸中的怒火，振臂高呼："朋友们！我的同胞们！为了保卫家乡，让我们去拼吧！"

卡阿仍然放心不下，盯着毛克利问："你真的下定决心了吗？事关生死呀！"

"我决心已定，不可能动摇。可红狗们怎样才会追我呢？"

"采用诱敌深入的计策。你假装逃走，引诱他们来追。你对这儿的地形熟悉吗？"

"不熟悉，必须观察观察。"

"嗯，你去吧。上面杂草丛生，坑坑洼洼，坎坷不平，还有一些深涧，如果掉下去就完了，你要提高警惕啊！"

"我先回到丛林，把这个妙计告诉狼们，让阿克拉他们在河岸边设下埋伏。"

"我与他们不是同一个种族，不参加你们的战斗了。战斗结束后，通知我一声。"

大蟒蛇卡阿是冷血动物，一般不与其他动物来往，加上他本领高强，所以十分狂妄。由于心中喜欢毛克利，才将他带到地狱之门，传授他一条妙计。

大蟒蛇卡阿又将毛克利带到远离黄蜂的地方，让他去观察地形。他自己则游回了丛林里。

会场上，阿克拉、费奥和所有的狼，一个个好像热锅上的蚂蚁，不停地走来走去，焦躁不安地等待毛克利回来。

大蟒蛇卡阿游到主席台上，大声说："狼族的朋友们，红狗马上就要进攻了，你们立即埋伏在河岸边，到时候迎头痛击。"

"卡阿？为什么不见毛克利回来？为什么要在岸边埋伏？"

"毛克利执行他的特殊任务去了，这是我俩定下的计策。你们不要担心，我和毛克利一样，都是你们的朋友。"大蟒蛇卡阿通知完狼们，又来到地狱之门。

毛克利正在悬崖上观察地形，一见卡阿来了，高兴地跑到他的身边，温柔地抚摸着他又长又粗的身子。

大蟒蛇卡阿问："毛克利！那些红狗们，什么时候才能来呢？"

"快了，他们一路上跟着温土拉的血迹，马上就过来了。"

"你千万要注意，红狗和黄蜂都不好惹！"

"嗯，我知道了，到时候就看我的了。喂，卡阿，我要到前边去看一看。再见！"

毛克利说着，与卡阿摆摆手，钻入水中游走了。

水中的毛克利想到大战即将来临，不由得热血沸腾，豪情万丈。他加快速度，不一会儿，游到集会场附近，停下来，爬到岸上。

忽然，毛克利闻到一股大蒜的香味，眼睛一亮，自言自语说："哦！我想起来了。以前棕熊伯鲁采蜜时，身上总要带一些大蒜。他说蜂类最怕大蒜的味道，只要闻到，马上就会躲得远远的。"

于是他顺着蒜味儿往前走，没走多远，地上果然长着许多大蒜。毛克利弯下腰，拔了一些蒜苗，编织起来。他的手本来就十分灵巧，再加上出身于工匠世家，转眼间，编成一个圆圈，戴在头上。

他正要站起身往前走时，看见地上有几滴血。

"嗯，这一定是温土拉身上的血，他去会场时，必须经过这儿。"

这样想着，毛克利又在四周仔细检查，发现血迹一路滴到会场，证明他的推测是正确的。

毛克利的心情激动起来，想道："红狗们一路跟踪温土拉的血迹，来的时候一定要经过这儿，我在树上等他们。"

毛克利飞快地爬上一棵大树，坐在树杈上。摘下挂在胸前的匕首在脚上磨起来。由于从未穿过鞋，长期在丛林中奔走，毛克利的脚底又厚又硬，是一块很好的磨刀石。

这时，他听到了许多杂乱的脚步声，同时还闻到一股怪味儿。

"啊！是红狗！他们终于来了！"

远处，黄尘滚滚，遮天蔽日，成群结队的红狗沿着温土拉的血迹，终于来了。

毛克利坐在树上向下一看，红狗个个四肢发达，神态威猛，让人望而生畏。走在最前面的大概是他们的首领，身体更为高大，腰部却非常细，这种体形适于奔跑跳跃。他身上的肌肉一块块鼓出来，棱角分明，耳朵直直地竖着，三角眼中露出阴森森的光芒，嘴角还沾着未干的鲜血。由外貌就可想象到红狗的残忍、贪婪、凶恶。

"嗨！你们好！"毛克利坐在树上与他们打招呼。

红狗们都停下脚步，抬起头，恶狠狠地瞪着树上的毛克利。

"哼！你们到这儿干什么？"毛克利大声说。

"干什么？你管得着吗？我们想干什么就干什么！"红狗的首领蛮横地说。

毛克利毫无惧意，"叽一叽一叽"学了几句乞丐鼠的叫声。在德干高原，乞丐鼠是一种被人耻笑的动物。毛克利耻笑红狗像乞丐一样。

红狗们听毛克利侮辱他们，气得乱蹦乱叫，将大树团团围住。

毛克利用手吊住树枝，身体悬挂在树上，两脚乱蹬，戏弄树下的红狗："这充分说明你们是最无耻、最没教养的动物！"说完，毛克利双脚的十个指头乱动。嘴里不住大笑。

红狗们最恨别人耻笑他们脚上的长毛，气得龇牙咧嘴，恨不得把毛克利撕个粉碎。

红狗的首领脾气更加暴躁，破口大骂："该死的猴子，下来！如果还不下来，我们就不离开这里，将你活活饿死！"

所有的红狗大呼小叫，怒吼连天。震得树枝不停地颤动。

毛克利正是要拖延时间，好让阿克拉他们准备充分。无论红狗如何大骂，他仍不动怒，嬉皮笑脸地挑逗戏弄他们。同时，他的手中紧握匕首，以防不测。

这群红狗见毛克利不生气，心中更加气愤，那表情实在难以描述。他们的首领怒不可遏，用尽浑身力气往上一跳，想咬住毛克利。说时迟，那时快，毛克利突然伸出手，一下子抓住他的脖子。

红狗的首领又气又急，拼命挣扎。毛克利一手使劲掐住红狗的脖子，另一只手挥舞匕首，"咔嚓"一声，割断他的尾巴，然后又将他远远抛出。

红狗首领疼得"哇哇"乱叫，尾巴上鲜血直流，染红了一大片土地。

红狗们爬不上树，只能在树下狂吠。毛克利仍在挑逗他们，双方就这样对峙着。

天色暗下来了，再过一会儿，大黄蜂们都要回巢，红狗们的精力也不如下午旺盛了。这正符合毛克利的心愿。看看时候差不多了，毛克利"嗖"的一声，跳在另一棵树上，动作比猴子还灵巧。

地上的红狗哪里肯放，奋起直追。

毛克利接二连三地从一棵树跳到另一棵树，不一会儿就闯过生死线，来到地狱之门。毛克利从树上跳下来，摘下戴在头上的蒜苗，挤出蒜汁，涂在身上，又向前跑去。

后面的红狗们看见毛克利从树上下来，心中大喜，以为这次他跑不掉了，发疯似的追赶过来。

毛克利在丛林中练就了一双飞毛腿，一般狼都追不上他，别说红狗了。但他有意放慢脚步，与红狗拉开不远不近的距离。他心中明白，如果距离太近，有可能被红狗咬住，若离得太远，又怕红狗们失去信心，不追过来。

此时，他已跑到豺追杀梅花鹿的地方。搬起事先准备好的两块大石头，向悬崖下扔去。

"轰隆！轰隆！"从谷底传来两声巨响。

密密麻麻的黄蜂，不知道发生了什么事。慌作一团，狂飞乱舞。

毛克利一看时机成熟，拼命往前奔跑，来到崖边，双腿用力，腾空而起。身后，红狗的首领也追过来了，高高跃起。在往下跳的过程中，毛克利的胳膊被红狗的首领用前爪划开一道口子。他刚落入水中，大蟒蛇游过来，将他带到一块礁石上。大红狗首领掉进水后，没见浮上来，大概被淹死了。

悬崖上，成千上万的黄蜂铺天盖地般扑向红狗，没命地乱螫，红狗们的声声惨叫凄厉恐怖，毛克利听了，头皮阵阵发麻。

红狗们的尸体一具接一具从悬崖上掉下来，"咕咚，咕咚……"没被螫死的红狗们争先恐后地跳入水中，向前游去。

大蟒蛇卡阿大笑了两声说："嘿嘿！毛克利，我们的办法不错吧！"

毛克利摘下脖子上的匕首，紧紧握在手中，说："卡阿，黄蜂只螫死一部分，其他的红狗都逃到河里去了。"

"嗯，不要忙，这些残兵败将游到阿克拉的埋伏圈中，一个也活不成。走吧，我们跟在后边，看看他们是怎样灭亡的。"

此时，天已经完全黑下来，天空中的星星与水中的影子交相辉映，水面上星星点点，好看极了。

大蟒蛇卡阿驮着毛克利，飞快地向前游去。不多时，他们追上了逃命的红狗们。嗨！除了死在黄蜂针下的，居然还有一百多只。那个首领并未淹死，带领着红狗向下游逃跑。大蟒蛇卡阿与毛克利不紧不慢地跟在后面。

这时，由阿克拉和费奥带领，埋伏在前边的狼们发出了震天的喊声。

游在前边的红狗大叫起来："哎呀！不好了！前边有埋伏！"

"快上岸！快上岸！"

"上不去呀！悬崖太陡了！"

红狗们吓得魂飞魄散，无奈水流过急，只得随着水流往前游去。

大蟒蛇卡阿停下来，对毛克利说："毛克利，我与狼不是同一个种族，不与你们并肩作战了，再见了！祝你们胜利！噢！我差点儿忘了，红狗们善于攻击身体的下半部分，你千万记住！"

"谢谢，我记住了。卡阿，后会有期！"

大蟒蛇卡阿游走后，毛克利发现三条腿的温土拉站在岸边。他见毛克利也在水中，迈动剩下的三条腿来到跟前说："喂，毛克利！请你把红狗引上岸来。"

温土拉报仇心切，但红狗们折腾了快一天时间，浑身乏力，没心思与他搏斗，往下游逃跑而去。

第四十五章　最后的大决战

> 　　一场大战拉开了序幕，交战双方分别是凶狠的红狗，和勇猛的狼族。两方势力不分上下，打的难解难分。而勇敢的阿克拉也奋不顾身投入战斗，连自己受伤了都毫不在乎。红狗和狼群，究竟谁会笑到最后呢？

　　红狗们来到会场跟前的岸边，一群狼在岸上虎视眈眈地望着他们。红狗首领虽然被毛克利砍下尾巴，但仍然十分凶猛，大声下令："朋友们！我们不习惯水战，快点上岸，消灭敌人，现在开始行动！"

　　毛克利见状，急忙钻出水面，爬上岸来与狼群会合在一起。

　　一场罕见的激战展开了。狼族中所有的狼全部出动，因为对手过于强大，而且，这一战关系到整个狼族的生死存亡，雌狼、小狼也都上阵了。

　　战斗前夕，大狼告诉小狼们说："为了保卫美丽的丛林安定团结的局面，你们要以集体利益为重，人人奋勇，个个争先。假如你们的父母倒下去，你们要踏着他们的鲜血，继续冲锋陷阵，一定要将红狗们赶出丛林！"

　　小狼们听了，一个个热血沸腾，摩拳擦掌，恨不得马上迎敌。

　　尽管狼们倾巢出动，但仍抵挡不住凶猛的红狗。战场上，狼与红狗你抓我咬，你踢我蹬，有的被咬下耳朵，有的被抓瞎眼睛……一个个皮开肉绽，鲜血淋漓，触目惊心，惨不忍睹。霎时间，横尸遍野，血流成河。

大蟒蛇卡阿说的没错，狼喜欢攻击对方的脑袋和脖子，红狗善于攻击四肢与腹部。所以，红狗们开始上岸时，有不少被狼咬伤了脑袋和脖子。然而红狗数量庞大，立即占了上风。

"鼓足勇气，往前冲啊！"

毛克利眼看狼们快要招架不住，心急如焚，大喝一声。

他站在一棵大树后面，手持匕首，连劈带刺，痛击红狗。

红狗们对他恨之入骨，此时又听他为狼们加油，马上将他包围起来。毛克利奋起神威，东挡西杀。

四只狼兄弟见他形势危急，心中着急，但由于其他狼和红狗在中间阻挡，一时不能过来救援。但没过多久，灰狼冲过来，在他身边拼命抵挡。后来，另外三个兄弟也杀过来，毛克利脱离了危险。

战斗仍在激烈地进行，从岸边打到丛林中。毛克利与四只狼兄弟被冲散了，他一边与红狗搏斗，一边为狼们鼓气："朋友们！冲啊！为了正义，为了和平，为了我们的家园，冲啊！"

有生以来，毛克利还是第一次参加规模这样大的战争。战场上，他声东击西，指南打北，身体灵活，穿插于红狗之间，越战越勇。看着一只只雌狼、小狼、大狼壮烈牺牲，毛克利深受感动，抖擞精神，杀入战团。

混战中，他看见阿克拉在两只红狗的围攻下，招架不住，情形十分危急，想过去救援，但离得太远，冲不过去。

一只红狗被新任首领费奥咬住脖子，扔在三四只小狼面前，小狼们一拥而上，将红狗撕碎。以前战无不胜的红狗，没想到狼群如此顽强，久攻不下，心中不免有些烦躁，但仍不手软。

毛克利察言观色，看红狗们心浮气躁，就转变了策略：只要拖住他们，时间一长，红狗就会丧失斗志，到那时，将不战而胜。

想到这里，毛克利手起刀落，斩下一只红狗的狗头。这一招果然奏效，红狗一见匕首，就抱头鼠窜。

"弟兄们！继续拼杀吧，敌人快不行了！但是，大家仍需提高警惕，不要轻敌。我们要将敌人彻底消灭干净，去夺取最后的胜利。这是一场你死我活的战斗……"

毛克利的话深深激励着狼群的斗志。

混战中一只红狗扑向毛克利，毛克利正要举刀，另一只狼飞快地咬住了红狗的脖子。啊！是温土拉！毛克利的匕首正要刺向红狗时，被温土拉拦住了，他要亲手杀死这只红狗，毛克利答应了他的请求。

温土拉张开嘴巴，将妻仇子恨聚集于牙齿，"咔嚓"一声咬碎了红狗的脑袋，红狗倒地身亡。毛克利这才看清这只红狗光秃秃的没有尾巴，原来是红狗的首领。

"温土拉，你杀死的是红狗的首领，他的尾巴被我砍掉了，因此我认识他。如今大仇已报，你的妻儿也该瞑目了。"

毛克利没听见温土拉说话，低头一看，温土拉的身子瘫软在地，牺牲了。温土拉早就身受重伤，仅凭一口气拼命支撑，当听到被他咬死的红狗是首领时，知道大仇已报，一松气，就随他的妻儿去了。

毛克利眼含热泪，哽咽着说："温土拉！你是一位勇士，安息吧！"

灰狼来到温土拉旁边，抱着他的身子说："英雄！英雄！死得壮烈啊！毛克利，你看见阿克拉没有？他到哪里去了？"

"啊！"毛克利大惊失色。

毛克利与灰狼到处冲杀，也没见阿克拉的影子。只见新任首领费奥浑身鲜血，振臂高呼："冲，冲，冲！红狗马上就要败阵了！继续努力！将他们消灭干净！不要放跑他们，红狗咬死了阿克拉！为阿克拉报仇！为阿克拉报仇！"

狼群发起了最后的冲锋，红狗们抵挡不住，丢盔弃甲，溃不成军，狼狈逃窜。

毛克利听说阿克拉牺牲了，神志不清，大脑一片空白，拼命挥舞手中的匕首，眼前的红狗一个又一个倒下去，溅得他浑身是血。

"阿克拉！阿克拉！"毛克利悲痛欲绝，眼泪滚滚而下。

"毛克利！"阿克拉被一堆红狗的尸体压在下面，全身无力，断断续续地说，"我……我不行了……"

毛克利跑过去，将红狗的尸体踢开，抱起阿克拉说："阿克拉！你怎么了？你要挺住啊！"

阿克拉面色苍白，强打精神说："毛克利，我不行了，不能为大家做贡献了，还好，我消灭了九只红狗，死也够本了。你不要离开，我有话对你说。"

毛克利失声痛哭，轻轻地抚摸着阿克拉的身体。

"毛克利……你小时候……第一次参加集会……我永远不会忘记。邪汉的皮……垫在首领的座位上……今天……又杀退红狗…你终于长大成人啦！"

"我不是人类，我是一只狼，我与大家是亲兄弟！是狼族中的一员！尽管我长着人的相貌，但心中永远把自己当作一只狼！"

"你不是狼！你是人！你机智勇敢。要是没有你的协助，我们狼族将任人宰割，我们的丛林，也将被踏为平地。你拯救了狼族！拯救了丛林！谢谢你！明天，你回人类中去，与人们一起生活，这才符合人类生存的规律。毛克利，今天你为狼族立了大功，也算报答了公狼和母狼的养育之恩，我代表全狼族感谢你！代表丛林中的所有动物感谢你！不管怎么说，我要你回到人类中去。就是为了劝你，我才支持到现在，没有断气。"

"不，我早已下定决心，不回人类中去。你知道吗？丛林是我永远的家。"

"我知道。但那是以前的事。时间可以改变一切，你以前的决定并不代表现在和将来。你是人，有着与生俱来的人性。总有一天你的人性要发作出来，向往人类的生活。"

毛克利想了一会儿说："如果我的人性发作了，我再离开丛林，回到人的环境中去，行吗？"

"行。你这样说，我就放心了，没有什么牵挂的了。毛克利，亲爱的孩子，我要到另一个世界去了。你扶我站起来，我一生刚强，死的时候，也要站着死。"

毛克利应了一声，哆嗦着双手将他扶起，阿克拉咬着牙根站起来。

"毛克利！上次在瘸虎邪汉的煽动下，我被从首领的座位上赶下来，差点儿送了性命。在你的帮助下，我才活到现在。今天，我为狼族和丛林的利益血染沙场，死而无憾，在断气前见到你，更觉欣慰。"

阿克拉说完，合上眼皮，与世长辞。

毛克利扑在阿克拉身上放声大哭，长跪不起。

狼们围在毛克利和阿克拉身旁，唱起了"死亡之歌"！歌声悲壮激昂，震撼了西奥尼山，震撼了卫茵郡嘉河，响彻九霄。

狼们清理战场时，抬出了二十一具尸体，其中大狼六具，雌狼和小狼十五具。活下来的狼，身上都不同程度地受了伤。

自此以后，森林里的动物再也没有见过"天下无敌"的红狗。据说，他们当时被打败后，狼狈不堪地从丛林里逃出去，但却在回德干高原的途中，又饥又饿再加上身上的重伤，全部死在了路上。这可真是恶有恶报啊！

第四十六章　毛克利回归人类

人之将死，其言也善，而动物又何尝不是这样呢！阿克拉在临死之前的肺腑之言，勾起了毛克利内心深处一直隐藏着的感情。毛克利思考起了未来，开始想妈妈了。继续待在丛林里，还是回归到人类社会，这是一个令毛克利难以抉择的问题。他究竟会如何选择呢？

时光飞逝，转眼间，两年的时间过去了。

春暖花开，百芳争艳，一个美丽又生机勃勃的春来来临了。

黑豹巴希拉躺在暖暖的草地上，惬意地睡着了。

可心思沉重的毛克利却没有这么好的睡眠。一阵夹杂着花香的春风吹过，暖暖的风把毛克利吹得晕晕乎乎，可他刚刚躺下，脑海中却不断浮现许多事情，压根就睡不着。

明明瞌睡了，但一躺下又清醒过来，这种情况最近经常出现，令毛克利烦躁不安。巴希拉说到了春天，都是这个样子，可毛克利却想，为什么去年不是这个样子呢？

毛克利已经十六七岁了，但仍然弄不清是什么原因。实际上，这是他身上独有的，区别于丛林中的动物的人性的流露。他自小在丛林中长大，对人类有一种天生的反感，更没有想到有一天可能会离开丛林，所以他自己意识不到这一点。但在人类社会中，十六七岁的孩子正处于青春叛逆期，是反抗束缚、接受新鲜事物的年龄。所以毛克利忽喜忽恼，时愁时悲。

"咦！这是怎么了？我为什么这么烦闷？去看看人类吧……"

啊！为什么会有这种念头呢？毛克利浑身颤抖了一下，不敢往下想了。到丛林中去转一转，解解闷吧。毛克利站起身来，漫无目标地向前走去。他在路旁随手摘了些野花，编成一个花环，戴在头上。健美的身材，刚毅的脸庞，头戴花环，好精神！

忽然，毛克利停下脚步，他看见眼前盛开着一朵"红花"。

"啊！我以前见过这种'红花'，并且还用它打过邪汉呢。"

毛克利陷入沉思之中。想到美修娃，一股暖流传遍了全身。他不由自主地向前走去。面前是一间房屋，窗户开着，因此可以清楚地看到屋里的"红花"。

毛克利站在门口犹豫不决。突然，跑来三四只狗，围着他乱叫。他弯下腰，学一声狼叫，狗们吓得夹着尾巴逃跑了。

"吱——"门开了，一个穿白衣服的女人来到门口。

毛克利正要瞧瞧她的模样，里边传来一声婴儿的啼哭。那白衣服女人扭过头，充满慈爱地说："不要哭，不要怕，快快睡吧！"

毛克利的心差点儿从喉咙跳出来，多么熟悉的声音啊！难道真是我日思夜想的她吗？

白衣服女人安慰完婴儿，又扭过头。

"啊！美修娃妈妈！美修娃妈妈！"毛克利脱口而出。

我是在做梦吗？毛克利使劲掐自己的大腿，疼。不是，是现实，两人抱头痛哭。此情此景，令人心酸不已。岁月催人老，美修娃的额头上已布满了深深的皱纹，她的头发也早已变成了花白色。但她慈祥的目光、甜美的声音却依旧未曾有任何改变。

"纳都！"

"妈妈！"

两年来，"妈妈"二字始终憋在毛克利的胸口，今天刚一叫出，才感到非常舒畅，两行热泪滚落在地上。

美修娃将毛克利拉进屋里，给他倒了喝的，然后向他述说分别后的经历。

"我们去了卡尼瓦拉，向英国人的法庭起诉，但法官们草草调查一下就不管了。后来在我们的强烈要求下，法官才派出几个士兵去帮我们索讨财产，但村子长满了树木，与附近的丛林连成一片。我们没有经济来源，生活非常困难。最后，我与丈夫一起努力，在这里建起一座小屋，并且找到了一份工作，生活这才稳定下来。但不幸的是，好日子才刚开始，他就在去年因病去世了。"

美修娃刚说完，床上的婴儿又"哇哇"哭开了。

"来，纳都，过来抱抱弟弟！"

毛克利第一次抱婴儿，他哆哆嗦嗦地伸出手，小心翼翼把孩子抱在怀中，看了又看，亲了又亲。柔嫩的皮肤，胖嘟嘟的小胳膊、小腿、小嘴……原来人类的婴儿这么可爱。看，还会笑呢。

忽然，美修娃的眼睛呆呆地看着门口，毛克利回过头，一只野兽的爪子伸进来。

"妈妈，不用害怕，他是我灰狼大哥。你们逃跑时，就是他们与母狼暗中护送的。"

说着，毛克利的眼睛充满泪水。

此时的毛克利，心中想的太多太多："怎么办呢？我该不该离开美修娃呢？她可是我的亲生母亲呀！如果留下来，还得与其他人类打交道，可我恨死他们了！况且，我怎能舍得离开丛林呢？不行，我还得回丛林中去。"

美修娃见他要走，不舍地拉着他的手，泪流满面地说："纳都，我等着你，你一定要回来啊！"

经过一番痛苦的内心挣扎，毛克利才依依不舍地离开美修娃，重新回到了熟悉的丛林中。但他却并未因此就平静下来，多少个难以入眠的夜晚，毛克利瞪大眼睛盯着天上的星星，脑海中思绪万千。曾经的往事，像放电影一般在毛克利的眼前一一闪过，毛克利不仅想起了收养他的公狼母狼。他在内心中深深呼唤着，母狼，我亲爱的母亲，十多年来，你含辛茹苦将我养大，一口乳汁，是一片母爱；一口食物，是一片亲情啊！狼洞口，你与邪汉反目成仇；集会场上，你差点儿与狼大动干戈……我明白你对我的爱心，我怎么能忘掉你？生我的是人类，而养我的却是母狼、公狼。丛林中的一草一木，一山一水，哪一处没留下我的笑声？哪一处没留下我的足迹？

　　收养我的是公狼母狼，教育我学习知识的是棕熊伯鲁，他耐心细致，把全身的本领毫无保留地传授于我，教会我了处世原则和丛林规矩。当我第一次遇到危险时，黑豹巴希拉奋不顾身，想尽一切办法救我，在猴子城浴血奋战，差点献出了宝贵的生命。老狼阿克拉，我怎么会忘记他呢，他与红狗恶斗，临死之前却还对我念念不忘，我在心中早就将他视为了父亲。还有灰狼四兄弟、大蟒蛇卡阿、大象哈蒂……丛林中数不清的好朋友，我的生命里不可或缺的好伙伴！与之相比，人类呢？毛克利毫不否认自己对人类有一种天生的反感，但是母子情深，他一看到与自己有血缘关系的美修娃，就感到身不由己，从心里生出一股幸福甜蜜感。他不知道，这其实就是只有人类才有的神秘的人性！

　　其实，老狼阿克拉早就看出了毛克利身上的人性，所以他在临终前一定要毛克利回到人类中去。阿克拉真是用心良苦啊！

　　自打记事以来，毛克利就将丛林当做自己的家。但现在，他却对人类更加向往，尤其是每当夜深人静的时候，他总会想到美修娃慈祥的面容。既是人，又是狼；既是人类的儿子，也是丛林的儿子；生在人类社会，却成长在丛林之处。这，是毛克利最独一无二的特质。而他的真实存在，不正是人类与丛林可以和谐共处的一个现实象征么？

　　这么思索着，毛克利终于想通了一切。他决定回到人类中去，去找美修娃，与她一起生活。

　　一个阳光明媚的日子里，巴希拉、伯鲁、灰狼等兄弟们结伴来为毛克利送行。他们强忍着泪水，与毛克利挥手道别。直到看到毛克利远远消失的背影，他们这才忍不住号啕大哭起来。

　　而毛克利又何尝不是如此呢？他担心好朋友伤心而不敢哭泣，直到走出了森林，他才任由泪水顺着面颊肆意地流淌下来。但毛克利在内心深处知道，自己绝不会因此而忘记丛林和丛林里的好朋友，他会时不时地带些美修娃做的美食回来，跟老朋友们一起边分享美食，边回味在丛林里共度的那段难以忘怀的美好时光……